KB158357

혼외 연애와 비슷한 것

혼외 연애와
비슷한 것

미야기 아야코 지음

김은모 옮김

SNOW WHITE

토마토
출판사

차례
....

1장 · 여자에게 아이돌은 디톡스다   007

2장 · 그는 내가 꿈꾸던 아들   047

3장 · 쭉 좋아해 온 사람이 있거든   085

4장 · 내가 BL 소설에 빠지게 될 줄이야   125

5장 · 오, 나의 뮤즈님   167

6장 · 화끈한 여자들의 룸   211

작품 해설 : 스즈카케 신   253

1장

여자에게 아이돌은 디톡스다

남편이 5년 전에 산 집은 세 번째로 넓은 맨션이다. 뒤에서부터 헤아리면 여덟 번째다. 따라서 이 맨션은 평수가 열 종류다. 제일 넓은 집은 우리 집보다 수천만 엔 더 비싸다. 나는 제일 큰 평수에 살고 싶었지만 8년 전 결혼한 남편에게 그만한 집을 감당할 수입은 없었다.

"앞으로 아이를 가지더라도 당신 나이로 봐선 한 명이 한계야. 이 정도면 충분하잖아."

남편은 그렇게 말하며 떨떠름한 표정을 지은 내 옆에서 그 집을 계약했다. 35년짜리 융자를 끼고 샀지만 원금을 몇 차례 조기 상환해서 한 20년 안에 다 갚을 예정이라고 했다. 그 말을 듣는 순간 뭔가가 바로 떠올랐다.

이건 약혼반지를 샀을 때와 똑같은 상황이다. 나는 해리 윈스턴의 1캐럿 다이아몬드 반지를 꼭 가지고 싶었다. 하지만 남편이 될 남자가 제시한 예산으로는 0.7캐럿짜리밖에 살 수 없었다.

"별 차이 없어 보이는데, 뭘. 그냥 이걸로 해."

그때도 남편은 그렇게 말했다.

미묘하게 작은 다이아몬드와 미묘하게 작은 집, 미묘하게 머리가 벗겨진 남편. 하나같이 미묘하게 모자란다. 그 사실에 나는 늘 조바심을 느낀다.

사실 미운 오리 새끼는 처음부터 못생기지 않았다. 그저 무리에 잘못 소속됐을 뿐이다. 무리에서 1, 2위의 미모를 자랑하던 오리는 어느 순간 어른이 되어 자기보다 아름답게 변한 백조를 보고 무슨 생각을 했을까? 서로 다른 종인데 어쩌겠느냐고 눈물을 머금고 패배를 인정했을까? 나는 그렇게 못 한다. 꼭 1등이 되고 싶으니까.

나는 늘 세 번째 인생을 살아왔다. 언제 어디서든 반드시 내위에 다른 여자 두 명이 있었다. 학력, 미모, 그리고 분명 행복도에서도.

공교롭게도 나는 어릴 적에 부모님과 친척들에게 예쁘다는 말을 들으며 자랐다. 주로 얼굴에 대한 칭찬이었다. 부모님도 우쭐했는지 나를 어린이 극단에 입단시켰고 유치원 시절에는 CF 광고에도 두 번 출연했다. 하지만 거기까지였다. 어차피 나는 위에서 세 번째였으니까. 열 명 중에 예쁜 걸로 눈에 확 띄는 아이는 두 명까지다.

나는 패배를 인정할 수 없어서 포기하지 못하는 오리였다. 전교 1등이 되고 싶어서 매일 다섯 시간 넘게 공부했고, 1등 미인이 되고 싶어서 어떻게 하면 좀 더 예뻐 보이는지, 남자에게 좀 더 인기를 끌 수 있을지 연구하는 데 공부와 비슷한 시간을 투자했다.

하지만 결과는 늘 3등이었다. 제일 머리가 좋은 애는 도쿄대에 입학하거나 MIT 또는 하버드로 유학을 갔다. 3등인 나는 그럭저럭 괜찮은 사립대에 갔다. 제일 예쁜 애는 교내 미스 콘테스트에서 그랑프리를 수상해 방송국에 취직했고, 2년 후에 텔레비전에 나왔다. 3등인 나는 준우승의 자리를 놓치고 교내에서 "쟤 예쁘다" 소리를 듣는 정도에 머무르며, 화려한 업계의 중심에는 서지 못했다.

그럭저럭 예쁜 여자의 열등감에는 아무도 공감해 주지 않는다. 아니, 그럭저럭 예쁜 여자가 열등감을 품고 있다는 걸 아무도 감지하지 못한다. 그래서 내게는 동성 친구가 하나도 없다. 늘 누군가에게 열등감을 품을 바에야 친구는 필요 없다며 결혼과 동시에 친구를 싹 정리한 결과다.

3등 여자는 늘 뭔가 결핍된 상태라 고독하다.

'오늘도 늦을 거야.'

남편은 출근할 때 그런 말조차 하지 않은 지 오래됐다. 나는 스스로 생각하기에도 기계 음성 같은 목소리로 "잘 갔다 와" 인사하며 가방을 내밀고, 가방을 받아든 남편은 말없이 현관을 나선다. 문이 조용히 닫힌다. 경첩이 삐걱대는 소리 하나 없다. 언젠가 폐경도 이렇게 조용히 찾아올까.

아이가 생기면 이름을 뭐라고 지을까.

이런 이야기도 안 한 지 3년이 지났다. 남편은 나보다 아홉 살 연상이다. 내가 스물일곱 살, 남편이 서른여섯 살에 우린 결혼했고 이후 5년간 남편이 집에 온 날은 빠짐없이 잠자리를 가졌는데도 임신이 안 됐다. 애가 탄 시어머니가 내 서른두 살 생일 때 이혼을 강요하자 나는 그 길로 산부인과에 달려가 자궁과 난소에 아무 문제가 없음을 증명하는 진단서를 떼어 왔다.

하지만 진단서를 들이대도 시어머니는 단념하지 않았다.

3년 전, 부부가 살기에는 약간 넓은 신축 맨션에서 있었던 대화를 재현해 보겠다.

"미사요, 네가 거부하는 거 아니니?!"

"제가 무슨 거부를 한다고 그러세요. 슈이치 씨한테 물어보시면 되잖아요."

"그런 걸 어떻게 물어보라는 거니!"

"역시 안 물어보는 편이 낫겠네요."

"어째서!"

모르는 게 약일 텐데, 하고 생각하며 나는 침실 옷장에서 옷을 네 벌쯤 꺼내 시어머니 앞에 펼쳐놓았다.

"뭐니 이 제복은?"

"KGB64의 무대 의상이에요."

"KGB⋯⋯독일의?"

"독일은 BND 아니던가요(KGB는 구소련의, BND는 독일의 첩보기관이다-옮긴이 주)? 아무튼 이건 가와고에바시64라고, 64인조 여고생 아이돌 그룹이 입는 의상이에요. 슈이치 씨는 매주 가와고에바시에 있는 전용 극장에 다닐 만큼 걔들을 좋아한다고요. 그래서 전 슈이치 씨가 집에 온 날은 시키는 대로 이걸 입어요. 보세요, 여기에 정액 자국. 맞죠?"

시어머니의 얼굴을 보며 내가 이겼다고 생각하는 동시에 그녀가 문득 가엾어졌다. 남편은 시어머니가 금이야 옥이야 소중하게 키운 외동아들이다. **구제대**(구제국대학. 제2차 세계대전 전에 설립된 일본의 국립 종합 대학 일곱 군데를 가리킨다－옮긴이 주)라 불리는 국립 대학을 졸업하고 방송국에 취직해 순풍에 돛 단 듯 욜로 인생을 즐기다가 욜로도 시들시들해질 무렵, 그럭저럭 예쁜 아내를 얻어 자리를 잡는가 싶더니 인디 아이돌 코스튬플레이에 푹 빠진 것이다. 내가 부모라도 낙담하리라.

아무튼 그 후로 시어머니는 더는 나를 닦달하지 않았다. 그리고 일주일쯤 지났을 무렵부터 남편도 내게 잠자리를 요구하지 않게 됐다. 아마 시어머니가 '헛총질을 할 바에야 다른 밭에다 씨를 뿌려'라고 시켰겠지. 다른 여자가 몇 명 있다는 건 결혼 전부터 알고 있었고 밖에서 아이를 만들든 말든 딱히 상관없다. 아마 못 만들 테지만. 날 전업주부로 살게 놔두는 것, 매달 150만 엔을 벌어오는 것. 그 외에 남편에게 바라는 건 없다.

아이도 마찬가지다. 이제 '반에서 제일 젊고 예쁜 엄마'는 될 수 없을 테니까.

결국 그날 밤도 남편은 집에 들어오지 않았다. 그래도 딱히 외롭지는 않다.

방송국에서 일하는 사람은 집에 잘 안 들어온다. 이건 사실이다. 남편이 무슨 일을 하는지 자세히 모르기 때문에 얼마나 바쁜지는 짐작이 안 된다. 아마 한 주에 이틀은 애인 집에서 보내지 않을까 싶다.

나를 육체적으로 원하지 않게 된 후로 남편은 나에 대한 흥미도 잃어버린 것처럼 보였다. 그래도 지금까지 사귀었던 남자 중에서는 흥미가 지속된 시간이 제법 긴 편이다. 눈에 콩깍지가 씌었을 때 결혼하길 잘했다고, 서글프기보다는 안도하는 마음이 더 컸다.

거품 경제 시절의 향수를 질질 끌고 있는 업계에서 일하는 남자는 화사한 분위기의 여자를 좋아한다. 나는 취업 빙하기 세대에서는 보기 드물게 남자의 눈길을 끄는 화사한 미인이었다. 콩나물이나 팽이버섯처럼 개성 없는 여자들이 많은 가운데, 남편 눈에는 내가 꽤 특별하게 보였으리라. 우연한 계기로 만나 프러포즈를 받을 때까지 그리 오랜 시간이 걸리지 않았다.

하지만 3등 여자는 사랑받지 못한다. 사랑받더라도 아주 단기간이다. 그 전까지는 길어야 1년이었다. 1년이 지나면 남자는 나를 시시한 여자로 판단하고 떠나갔다. 내가 보기에 사랑받는 여자는 제일 위에 군림하는 여자이거나, 한가운데 위치하는 여자다. 제일 위에 군림하는 여자에 대한 애정은 숭배, 혹은 무조건적인 사랑에 가깝다. 한가운데 위치하는 여자에 대한 사랑은 깊은 정이다. 반면, 3등 여자에 대한 사랑은 찌꺼기 같은 것이다.

그런 찌꺼기도 찌꺼기 나름의 자존심을 품고 있다. 볼륨 있게 만 머리에 알렉산드르 드 파리의 머리띠를 하고, 폭시의 페일블루 원피스를 입고, 에르메스의 켈리백을 든다. 발에는 샤넬의 뮬을 신는다.

엘리베이터를 타고 1층으로 내려가 출입구를 나서자 늦더위가 기승을 부리는데도 두 여자가 아주 편한 차림으로 유모차를 흔들며 이야기를 나누고 있었다. 한 명이 눈치 빠르게 날 알아보고 말을 걸었다.

"어머, 사쿠라이 씨. 원피스 새로 장만했나 보네."

그러자 다른 한 명이 대꾸했다.

"우리 집에도 카탈로그가 왔는데 가게까지 갈 시간이 있어야 말이지."

"아이가 있으면 아무래도 좀 그렇지."

"사쿠라이 씨, 근데 어디 가?"

나는 빙긋 웃으며 "잠깐 시부야에 다녀오려고"라고 대답했다. 그리고 출입구 앞 계단 밑에서 대기 중이던 택시에 올라탔다. 저 두 사람은 우리 집보다 두 등급 낮은 집에 사는 전업주부들이다. 가격으로 따지면 2,000만 엔쯤 차이 난다. 그런 사람들과 같은 옷집에서 옷을 사다니. 앞으로 가게를 바꿔야겠다. 더 비싼 옷을 사야 한다. 따가운 시선을 느끼며 나는 운전기사에게 말했다.

"시부야, 디셈버스 스토어요."

통칭 버스토. 그게 시부야 디셈버스 스토어다. 어젯밤 디셈버스에서 보낸 매거진 메일에 스노우화이트의 새로운 사진이 버스토에 입하됐다고 나와 있었다. 석 달 만이다.

남편은 인디 아이돌 KGB64에 푹 빠졌고 나는 디셈버스에서 데뷔를 준비하는 아이돌 그룹 스노우화이트에 푹 빠졌다. 어떤 의미에서는 쿵짝이 잘 맞는 부부라 할 수도 있겠지만 남편은 내 취미를 모른다. 매달 구독하는 아이돌 잡지 다섯 종은 박스에 담아 워크인 옷장 깊숙이 숨겨놓았고 검은 바탕에 형광색 글씨가 들어간 콘서트 부채도 색상이 그렇게 화려하건만 한 번도 들킨 적 없다.

빨리 스노우화이트의 새로 나온 사진이 보고 싶다. 데뷔 전인데도 벌써 인기가 높아져 서둘러 가지 않으면 매진될지도 모른다. 기간 한정에 재발매도 안 한다니 다 팔리면 다시는 못 구한다. 조급한 내 마음과는 반대로 평일 낮의 도심은 차가 밀렸다.

요즘은 택시에 뒷좌석 손님이 심심하지 않도록 소형 텔레비전이 설치되어 있다. 그 작은 화면 속에 재작년 말에 데뷔한 스노우화이트의 선배(라고 해도 거의 동기)인 INAZUMA(일본어로 '번개'라는 뜻−옮긴이 주)의 신곡 CF 광고가 나왔다. 웃으며 춤추는 그들을 보자 심장이 꽉 쪼그라들었다. 언젠가 스노우화이트도 이렇게 텔레비전 CF 광고에 나오겠지.

30분 후 택시가 시부야 버스토 앞에 도착하자 나는 계단을 뛰어 올라갔다. 평일 오전 시간이라 아직 줄은 없었고 매장 안에는 손님이 열 명 정도뿐이었다. 학교를 땡땡이 친 듯한 고등학생 3인조와 아기를 데리고 온 젊은 여자, 회사원으로 보이는 여자 세 명과 아무래도 게이로 보이는 남자 한 쌍. 그리고 마지막 여자가 압권이었다. 내 두 눈을 의심할 만큼 자바 더 헛(영화〈스타워즈〉에 등장하는 외계인 캐릭터)과 똑 닮은 여자가 땀을 흘리며 공식 포토 일람이 붙은 벽, 그것도 스노우화이트 코너 앞에 진을 치고 있었다. 몸뚱이가 내 세 배쯤이라 옆에 서도 사진 번호가 일부 보이지 않았다.

여자가 들고 있는 용지를 들여다보았다. 오후나 마슈의 사진 번호만 적혀 있었다.

"저어, 실례합니다."

나는 용기를 내어 말을 걸었다. 자바는 누가 부르는 것도 모르고 황홀한 표정으로 사진만 바라보고 있었다. 어차피 살 거면 지금 여기서 볼 필요는 없을 텐데.

"실. 례. 합. 니. 다."

약간 크게 부르자 그제야 내 목소리가 뇌까지 도달한 듯 자바가 느릿느릿 돌아보았다.

"좀 비켜주시겠어요?"

하지만 자바는 아무 대답 없이 제자리에서 꼼짝도 않고 다시 시선을 사진으로 돌리더니, 또 황홀한 표정으로(얼굴 모든 부분이 살에 파묻혀서 황홀한 건지 음흉한 건지 잘 모르겠다) 오후나를 바라보기 시작했다.

마음은 이해한다. 하지만 좀 성질난다. 나는 거기서 사진 번호 확인을 포기하고 계산대로 향했다.

"새로 나온 스노우화이트 사진 중에 간다 미라이 걸로 전부 주세요, 한 장 씩요."

"수고스러우시겠지만 번호를……아……네, 죄송합니다."

안에 있던 종업원 이시다 씨가 계산대에서 몸을 내밀어 사진이 붙은 벽을 확인한 후 미안하다는 듯 사과했다.

"간다 말씀이시죠. 어제 입하된 사진은 전부 열여덟 장인데, 괜찮으시겠어요?"

네, 하고 대답하자 가격을 말해주었다. 지갑에서 돈을 꺼내며 돌아보니 자바는 여전히 제자리에 못 박혀 있었다.

"이만저만 민폐가 아니라니까……."

이시다 씨가 봉지에 사진을 담으며 작게 투덜거렸다. 내가 아니라 자바에 대한 불평이었다.

"문 열자마자 왔어요?"

"네, 그리고 문 닫을 때까지 있다니까요. 처음 보셨어요?"

이시다 씨의 설명에 따르면 자바는 한 달에 한 번꼴로 사람이 별로 없는 평일을 노려 영업시간 내내 매장에 붙어 있는다고 한다. 게다가 아무것도 사지 않는다.

기분이 찝찝했다. 매장을 나선 후에도 그 추악하고 한심한 꼴이 혐오스럽다는 마음을 지울 수 없었다.

시부야의 유기농 카페에서 혼자 점심을 먹고 맨션으로 돌아오자 전업주부 두 명이 아직도 같은 위치에서 수다를 떨고 있었다.

"어머, 빨리 왔네. 쇼핑했어?"

"뭐 샀어?"

빨리 오기는. 당신들이 수다를 너무 오래 떠는 거다. 나는 적당히 "남편 셔츠" 하고 얼버무리며 지나쳤다.

집에 돌아와 구입한 사진 열여덟 장을 앨범에 넣고 바라보았다. 간다 미라이의 지난 3년간의 궤적이 여기에 있었다. 그는 10년 전부터 기획사 소속이었지만 내 눈에 띈 건 3년 전, 그가 열여덟 살 때였다. 빈 구멍에 뭔가를 채워 넣듯 오모테산도에서 쇼핑을 하고 돌아오는 길, 꺅꺅 환성을 지르는 여자 중고생들 사이에 그가 있었다. 싱글싱글 웃으며 여학생들의 악수 요청에 응하던 미소년은 쇼핑백 일곱 개를 들고 있던 나를 시야 가장자리로 훑고 지나갔다. 바로 그 순간 나는 그의 포로가 됐다. 애칭으로 간다 짱, 미라잉이라고 불리는 그가 사라질 때까지 나는 여학생들 뒤에서 계속 그를 바라보았다.

집에 와서 '간다 짱'과 '미라잉'으로 인터넷에 검색하자 운 나쁘게도 그는 디셈버스 소속의 연습생, 통칭 노벰버스였다. 남편이 방송국 관계자다 보니 어지간한 방송 녹화와 쫑파티에는 은근슬쩍 참석할 수 있는 처지지만, 남편이 속한 방송국과 디셈버스의 사이가 좋지 않아 정작 디셈버스의 연예인이 출연하는 방송은 하나도 없었다.

어휴, 쓸모없기는!

그땐 너무 화가 나서 아마 소리 내어 욕하지 않았을까 싶다.

사진 열여덟 장을 질리지도 않고 바라보던 새벽 2시경, 남편이 이틀 만에 귀가했다. 앨범을 침대 밑에 밀어 넣고 현관으로 나가 가방을 받아들었다.

"밥은?"

아침과 마찬가지로 내가 기계 음성 같은 목소리로 물었다.

"먹었어."

"그래. 목욕은?"

"하고 왔지, ……앗!"

참 얼빠진 인간이다. 하지만 돈을 벌어다 주니까 애정은 없어도 나름 존중하려는 마음은 있다. 나는 그저 웃으며 슬리퍼를 내주었다.

"나 먼저 잘게."

"잠깐만, 할 이야기가 있어."

남편이 말했다.

"뭔데?"

내가 돌아보자 남편은 술기운 없이 진지한 표정으로 터무니

없는 말을 꺼냈다.

"이 집에서 나가주겠어?"

"……뭐라고?!"

갑자기 무슨 소리인지 모르겠다. 이제 와서? 왜? 여러 여자와 불장난을 하는 걸 알면서도 아무 불평도 없이 쥐 죽은 듯 살아온 내가 대체 뭘 잘못했다고?

"사나 쨩이 말이야, 꼭 도쿄의 멋진 타워맨션에 살아보고 싶대. 그 꿈을 이루어주고 싶어."

"사나 쨩? 그게 누군데?"

"KGB64의 B그룹 중에 이번에 우리 회사에서 본인 이름이 걸린 프로그램을 맡게 된 멤버야."

그동안 나도 마음의 벽이 두꺼워지기는 했지만 강렬한 불쾌감에 구역질이 났다. 아니, 이건 불쾌감이 아니다. 분명 질투다.

"……기껏해야 사이타마에서나 통하는 인디 아이돌이 지상파 주요 방송국에서 자기 이름이 걸린 프로그램을 맡는다고? 당신 성 접대라도 받았어?"

"……."

"받았구나? 당신이 프로듀서로 있는 프로그램이야?"

침묵은 곧 긍정임을 모르는 걸까, 이 남자는.

요즘은 방송국 연봉도 많이 낮아져서 내연녀와 딴살림을 차린들 맨션까지 마련할 수 있는 남자는 얼마 안 된다. 매달 나가는 스폰 비용도 시세를 따지면 20만 엔 정도로 아주 거금은 아니다. 어쨌거나 좋아하는 여자와 도쿄의 맨션에 살림을 차리려고 아내더러 나가라니, 대체 무슨 정신머리로 이러는 거지?

"이제 막 나가는구나."

질투가 말의 화살이 되어 남편에게 날아갔다.

"알아. 하지만 당신도 나한테 더 이상 애정은……."

"업무상 지위를 이용해 좋아하는 아이돌과 자다니, 아주 약 아빠졌어. 나도 미라잉과 자보고 싶다고! 단 한 번만이라도 좋으니 자보고 싶단 말이야!"

"……뭐?"

나는 들고 있던 남편 가방을 바닥에 힘껏 내팽개쳤다. 지갑과 휴대전화에 섞여 컬러풀한 콘돔 박스가 약 올리듯 바닥에 주르르 미끄러져 나왔다.

침실 침대에서 베개를 끌어안고 생각했다. 차라리 내가 엄청 못생기게 태어났으면 좋았을걸. 미운 오리로 태어나 미운 오리로 성장했으면 좋았을걸. 어중간하게 예쁘다는 자각이 있기에 이루어지지 않을 기대를 품는 것이다. 낮에 버스토에서 보았던 자바 더 헛 같은 여자가 떠올랐다. 각 부위가 살에 파묻혀 표정조차 읽기 힘들었으므로 그 여자가 무슨 심정으로 오후나 마슈의 사진을 바라보고 있었는지는 모른다. 그 여자 머릿속에서 오후나는 그 여자와 어쩌고 있을까.

오모테산도에서 미라잉과 마주친 후로 나는 그의 곁에 있는 내 모습을 몽상하곤 한다. 머리가 조금 벗겨진 남편도 그럭저럭 나쁘지 않게 생긴 편이지만, 미라잉과 비교하면 하늘과 땅 차이다. 미라잉 곁에 있는 나는 서른다섯 살 먹은 아줌마가 아니라, 그보다 한 살 어린 스무 살이고 조금 쑥스러운 표정으로 그와 손을 잡은 채 오모테산도를 걷고 있다.

실제로는 20년 전에 남자와 첫 관계를 맺었지만 망상 속에서 나는 미라잉과 육체관계를 맺을 마음이 꿈에도 없다. 그와 하고 싶은 건 몸의 대화가 아니다. 남편에게는 나도 미라잉과 자고 싶다고 했지만 육체관계를 뜻한 게 아니었다. 하룻밤 내내 그를 독점해 잠든 얼굴을 감상하고 싶을 뿐이다.

반면 남자는 일반적으로 욕망이 하반신에 직결된다. 고교생과 육체관계를 맺으면 통념상으로는 범죄지만, 거기에 이권이 얽히면 비즈니스가 성립돼 아무도 남편을 범죄자로 신고하지 않는다. 그 이권에는 나도 포함된다. 그가 없어지면 나는 경제적으로 생활이 불가능하기 때문이다. 그는 사나 짱과 잠자리를 가지는 대신 그녀에게 전국적으로 유명해질 수 있는 가능성을 주었다. 거래로서만 따지면 흠잡을 곳이 없다.

……만약 내가 못생겼다면.

20년 전에 첫 경험을 하지 않았을 테고 남편 눈에 콩깍지가 씌는 일도 없었으리라. 나는 결혼하기 전에 외자계 컨설팅 회사에서 컨설턴트로 일했다. 거기서도 물론 최고는 아니었지만 세 번째 정도로는 일을 잘했고 머리도 나름 잘 돌아갔다. 당시 나는 남편이 있는 방송국의 전사적 자원 관리 프로젝트 담당으로 석 달간 방송국에 배치됐다. 그게 남편과 만난 계기다.

어차피 에미레이트 항공사 승무원 채용 시험에 떨어지는 바람에 대충 여건에 맞춰 취직한 회사라 결혼하면 일을 때려치우고 싶었다. 얼굴 반반하고 일만 잘하는, 메마른 닭고기처럼 퍼석퍼석한 인생과 결별하고 싶었다. 당시 내 연봉은 2,000만 엔이었고 방송국 직원은 생활 수준을 낮추지 않고 살 수 있는 커트라인에 아슬아슬하게 걸려 있었다.

나는 뒤죽박죽된 과거와 현재의 심상을 베개와 함께 끌어안고 미라잉을 생각하며 문 너머에서 울려 퍼지는 남편의 코 고는 소리를 들었다.

약아빠졌다. 자신의 우상이던 여자의 몸속에 사정하고 온 남편에게 느껴지는 감정은 오직 그뿐이었다.

기분이 몹시 복잡해질 것 같아 사나 짱의 사진은 찾아보지 않았다. 하지만 남편은 인터넷에 '미라잉'을 검색해 봤는지 거실에 있는 공용 컴퓨터에 방문 기록이 남아 있었다. 남편은 자기 계정에 비밀번호를 걸지 않아서 터치 패드를 문지르면 바로 KGB64 멤버들로 가득한 바탕화면이 나온다. 이 중에 한 명이 사나 짱이겠지.

남편은 미라잉이라는 말에서 간다 미라이에 당도한 듯 최종적으로는 스노우화이트라는 단어로 블로그 검색까지 했다. 다른 여자 때문에 아내한테 집에서 나가라고 통보한 주제에 아내 입에서 이름이 나온 남자가 신경 쓰이는 걸까. 지구상에서 제일 제멋대로인 인간이다.

나가달라고 통보한 다음날, 남편은 집에 들어오지 않았다. 이틀 후 아침 일찍 일어난 나는 혼자뿐인 집에서 모공 하나 보이지 않도록 꼼꼼히 화장을 하고 짐을 반쯤 꾸린 후 시댁에 전화를 걸었다.

"어머, 미사요 아니니. 네가 먼저 전화를 걸다니 웬일이래니."

시어머니는 약간 당황한 목소리로 말했다.

"어머님, 저 한동안 집에 없을 거예요."

"응? 무슨 일이라도 생겼어?"

"저 자신을 성찰하러 카트만두에라도 다녀올게요."

"그럴 나이는 아닐 텐데."

"네. 하지만 어머님 아들이 집에 여자를 데려오겠다며 쫓아냈으니 어쩌겠어요."

수화기 저편에서 말문이 막힌 듯한 기척이 느껴졌다.

"어머님, 슈이치 씨가 만나는 여자들 이름, 얼굴, 경력 전부 이미 알고 계시겠지만, 그중에는 없는 여자니까 먼저 여기저기 연락해서 들쑤시지는 마세요. 일이 더 꼬일 수 있어요."

침묵이 흐른 후 뭔가 말하려는가 싶더니 시어머니는 일방적으로 전화를 끊었다.

······우리 부부 생활은 이렇게 끝나는 걸까. 애초에 기간이 정해진 관계였을까.

나는 콘서트장에서 미라잉에게 흔들기 위해 준비한 화려한 부채 여덟 개를 꺼내 옷, 화장품과 함께 캐리어 가방에 넣었다.

아메리칸 엑스프레스의 가족 카드를 아직 쓸 수 있다는 걸 전화로 확인한 뒤 캐리어 가방을 끌고 집을 나섰다.

"어머, 사쿠라이 씨. 어디 가?"

출입구 부근에서 수다를 떨고 있던 전업주부들을 무시하고 콜택시에 올라탔다.

목적지는 카트만두, 가 아니라 도쿄역이다.

오사카성 근처에 있는 뉴 오타니 호텔의 트윈룸에 체크인하고 카드로 현금 200만 엔을 인출해 오후 5시 반에 오사카성으로 향했다. 날씨가 좋아서 다행이다. 비라도 내렸으면 기분도 더 최악이었을 텐데. 아직 해가 길어 저녁놀이 질랑 말랑하는 하늘이 어쩐지 황록색으로 보였다. 긴 그림자를 드리우며 꺅꺅 떠드는 수많은 여자들 사이에 섞여 노숙자 행색의 암표상에게 12만 엔을 지불하고 메인 스테이지 정면 객석 두 번째 줄을 확보했다.

INAZUMA의 콘서트다. 스노우화이트가 백댄서로 출연한다. 사실 굳이 여기까지 올 생각은 없었다. 원래는 한 달 후 도쿄 공연만 관람할 예정이었다. 핸드백에서 '손 키스 날려줘', '브이 자 그려줘', '3초 바라봐 줘'라고 적은 부채와 '간' '다'

'미' '라' '이'라고 한 글자씩 적은 부채를 꺼내 앞뒤로 정렬해서 들었다. 아이돌은 자기 이름이 적힌 부채를 보고 손을 흔들거나 윙크해 주곤 한다. 내 앞뒤 좌우에 있는 여자애들은 대부분 INAZUMA 멤버의 이름이 적힌 부채를 들고 있었다. 다행이다. 이렇게 되면 미라잉이 이 구역에서 보내주는 손짓과 손 키스는 전부 내 차지다.

이윽고 콘서트장이 어두워지고 오프닝 영상이 흘러나왔다. 대환성이 터져 나오는 가운데 색색의 스포트라이트가 메인 스테이지 천장 부근에서 곤돌라를 타고 내려오는 INAZUMA 멤버 다섯 명을 비추었다. 그들이 스테이지에 내려서기를 기다리는 스노우화이트 멤버 다섯 명에게는 아직 빛이 비치지 않았다.

INAZUMA 멤버들이 내려서자 스노우화이트 멤버들이 그들의 안전띠를 벗겼다. INAZUMA 멤버들이 한 명씩 스포트라이트 속에서 솔로 댄스를 시작하자 각 멤버에게 스노우화이트 멤버가 한 명씩 백댄서로 붙었다. 미라잉의 위치는 센터가 아니라 언제나 왼쪽에서 두 번째다. 오른쪽에서부터 순서대로 스포트라이트가 비쳤다.

발밑에서 진동하는 음악이 정수리를 뒤흔든다. 손이 차갑다.

아아, 이제 다 됐다. 곧 미라잉과 만날 수 있다.

세 번째 스포트라이트가 꺼지고 오른손을 높이 쳐든 채 석상처럼 가만히 대기 중인 미라잉에게 눈부시게 흰 빛이 비친 순간, 너무 기쁘면서도 슬퍼서 눈물이 왈칵 솟구쳤다.

나는 갑옷을 두르고 있다. 몸에도 마음에도.

그 갑옷을 바지런히 수선해 온 덕분에 지금까지 몸도 마음도 무너져 내리지 않았다. 1등이 되지 못했다는 열등감과, 1등은 아니더라도 그럭저럭 상위권이라는 자존감의 치열한 힘겨루기 속에서 계속 살아왔다. 갑옷에 구멍이 보일 때마다 땜질해 왔다.

수선하지 않고 하루 내버려뒀다고 이 꼴이라니.

화장도 지우지 않고 신발도 벗지 않은 채 푹신푹신한 침대에 벌렁 드러눕자 일어날 수가 없었다. 화장을 지우지 않으면 피부가 나빠진다는 건 알지만 도저히 일어날 기력이 없었다.

3년 전, 미라잉과 마주치기 전까지만 해도 나는 나 자신을 몹시 사랑했다. 표면만 보고 내면까지는 봐주지 않는 남자가 아무리 구애한들 사랑받는다는 실감은 들지 않았다. 남편조차 나를 진정으로 사랑하지는 않았다. 그러니 나라도 자신을 사랑해주어야 했다.

하지만 오모테산도에서 미라잉과 마주쳤을 때, 내 자기애는 이미 한계에 다다른 뒤였다. 아무리 비싼 옷을 입어도 1등은 될 수 없었고 바라던 인생도 손에 들어오지 않았다. 남편과 육체적으로도 소원해진 나는 사랑받기에는 너무나 불완전한 존재였다.

하지만 미라잉은 모든 사랑을 퍼붓기에 합당한 완벽한 존재였다. 그와 마주친 날 밤에 검색해서 찾아낸 동영상을 보고 세상에 이런 미소년이 다 있나 싶어 몸이 부르르 떨렸다. 보들보들해 보이는 머리카락, 매끄러운 상아색 피부에 커다란 눈 속에서 반짝이는 동공, 눈동자를 치장하듯 긴 속눈썹. 유연한 팔다리는 소년답게 아직 근육이 부족해 약해 보이지만 춤추는 모습은 안정적이고 파워풀했다.

미라잉은 오늘 콘서트에서도 완벽했다. 함박웃음은 물론, 진지하게 춤출 때만 나오는 미간의 주름까지도 아름다웠다.

하필 왜 그렇게 완벽한 사람과 마주친 걸까. 그리고 왜 나는 이렇게도 완벽하지 못한 걸까.

베개에 얼굴을 묻은 채 잠에 빠질 뻔한 순간, 가방 속에서 휴대전화가 울렸다. 손이 닿지 않는 곳에 있어서 무시했다. 곧 전화가 끊겼지만 두 번, 세 번, 네 번, 다섯 번, 알람 반복 기능인가 싶을 만큼 끈질기게 다시 울려댔다. 내게 전화할 사람은 남편이나 시어머니, 아니면 친정 엄마 정도뿐이다. 나는 느릿느릿 몸을 일으켜 반대편 침대에 던져둔 가방에서 휴대전화를 꺼냈다. 확인해 보니 전부 남편 전화였다. 그 순간 또 전화벨이 울렸다. 하는 수 없이 통화 버튼을 눌렀다.

"……여보세요."

"지금 어디야?"

"카트만두."

"장난치지 말고. 오늘 아침에 집을 나선 사람이 어떻게 지금 카트만두에 있어?"

"마음은 카트만두에 갔지만 몸은 오사카에 있어."

화난 건지 안도한 건지 모를 한숨 소리가 들렸다.

"어머니한테 뭐라고 한 거야."

"당신이 집에 여자를 데려오겠다며 나를 쫓아냈다. 어머님이 알고 있는 여자 중에는 없으니까 연락은 삼가는 편이 좋겠다고 했지."

"……."

"콘돔은 안 쓰는 게 어때? 아이를 만들어 오면 어머님한테도 날 쫓아낼 명분이 생길 텐데."

긴 침묵이 흐르는 동안 다시 잠들 뻔했다. 미라잉의 미소가 보인다. 나는 그 옆에서 웃고 있다. 하지만 남편 목소리가 얕고 행복한 꿈을 짓밟았다.

"……당신이 말한 미라잉, 여자 친구 있어."

"뭐, 사나 짱한테도 다른 남자가 있겠지."

나는 눈을 감은 채 대답하며 다시 꿈의 행방을 찾았다.

"사나 짱은 그런 애가 아니야. 첫 경험에도 피가 나지 않는 타입일 뿐이라고."

"아아, 네네. 어련하시겠어요."

마흔네 살 먹은 매스컴 종사자가 연예계에 뛰어든 여고생이 남자를 모를 거라 믿다니, 그 사고방식이 죽도록 지질하게 느껴졌다. 애초에 남자와 여자는 아이돌에 대한 의식이 다르다. 남자에게 아이돌은 자위행위용일지 모르지만, 여자에게 아이돌은 디톡스다. 콘서트에서 돌아온 후 아이돌을 떠올리며 자위하는 일은 내겐 절대 없기 때문에 남녀가 서로를 이해하지 못하는 건 어찌 보면 당연하다.

아무리 애써도 꿈을 이어서 꿀 수는 없었다. 나는 포기하고 일어나서 신발을 벗으며 남편에게 물었다.

"아이돌이랑 자면 기분이 어때? 당신 같은 업계 연줄이 없는 일반 팬을 앞질렀다는 우월감으로 막 날아갈 것 같고 그런가?"

"비난하는 거야?"

"난 일에서도 사생활에서도 말로 남을 비난한 적은 한 번도 없어. 일어난 일은 되돌릴 수 없으니 앞으로 어떻게 하면 제일 행복해질 수 있을지 고민하는 편이 건설적이잖아. 순수한 호기심이야."

"진심으로 하는 소리야?"

"나는 무슨 재주를 부려도 미라잉이랑 못 자는걸. 다른 방송국 직원이라면 가능성이 있을지도 모르지만, 당신이 거기 근무하는 한 내가 그를 만날 기회는 없을 테니까. 그래서 기분만이라도 알고 싶은 거야. 그동안 당신은 사나 쨩의 대역으로 나한테 KGB64의 무대 의상을 입혔지만 이제는 그럴 필요가 없겠지. 왜냐하면 진짜와 잤으니까. 있지, 꿈에 그리던 아이돌과 자면 어떤 기분이야?"

"……반대야."

그렇게 나올 줄 알았다. 이렇게까지 덜떨어졌다니 오히려 웃음이 났다.

"실은 나를 좋아하지만 나랑 잘 수 없어졌으니까 사나 쨩과 잤다고 말하고 싶은 거야? 그럴싸한 변명이지만 속이 뻔히 들여다보여. 난 그저 지금 당신이 느끼고 있는 우월감이 어떤 종류인지, 얼마나 기분이 좋은지 알고 싶을 뿐이라고. 당신 맘대로 쫓아냈으니 그 정도는 솔직히 가르쳐줘도 되잖아."

"여보, 왜 진솔해지지 못하는 거야. 날 몰아붙이는 게 그렇게 재밌어?"

"그럼 당신부터 진솔해져 봐. 그리고 이게 무슨 전화인지 가르쳐줄래? 나 졸린데."

남편과 한마디 나눌 때마다 미라잉의 모습이 머릿속에서 지워졌다. 콘서트의 여운이 사라지기 전에 자고 싶어서 일부러 남편이 전화를 끊을 법한 말을 던져봤지만 남편은 전화를 끊지 않았다. 오히려 의외의 말을 꺼냈다.

"당신이랑 이렇게 많이 이야기하는 거 오랜만이네."

"그러게. 빨리 자고 싶은데 전화 끊어도 돼?"

"우리, 이제 틀린 걸까."

"판단은 당신한테 달렸지. 빨리 방생해 주면 난 아직 재혼할 수 있을 테니 어머님이랑 상의해서 결정하는 게 어때? 그럼 잘 자."

일방적으로 통화 종료 버튼을 누르는 동시에 걸치고 있던 마음의 갑옷이 소리를 내며 벗겨졌다.

왜 진솔해지지 못하느냐는 말을 듣고 진솔해지는 여자가 이 세상에 어디 있을까. 갑옷만 더욱 견고해질 뿐인데.

3년 전까지 나는 나를 사랑했다. 지금은 더 이상 사랑할 수 없다. 누구에게도 사랑받지 못한 나는 어느덧 잠그는 걸 깜빡한 수도꼭지처럼 눈물을 흘리고 있었다.

누가 좀 도와줘. 부탁이니 날 최고로 대해줘.

도쿄로 돌아가도 내 자리는 분명 남아 있지 않으리라. 위자료와 저금을 까먹으며 살든가, 재취업하는 수밖에 없겠지. 위에서 세 번째로 우수하니까 나름대로 큰 회사에 재취업해 나름대로 돈을 벌고, 상사에게 칭찬도 받을 것이다.

하지만 그런 건 하나도 안 기쁘다. 나는 몸을 양팔로 끌어안았다. 업무와 실적을 칭찬받은들 1등도, 2등조차 아니었던 내 35년 인생. 하다못해 스스로를 다시 사랑할 수 있으면 좋을 텐데.

사랑스럽다고 여길 수 있으면 좋을 텐데.

몸을 끌어안은 하얀 팔이 눈에 들어왔다. 뽀얀 빛깔이 약간 사랑스럽게 느껴졌다. 잡티 하나 없이 이렇게 깨끗한데, 하고 생각하며 부드러워 보이는 곳에 나도 모르게 이를 갖다 댔다. 정수리 쪽에 문득 찌릿함이 느껴졌다.

흠칫 놀라 입을 뗐다가 다시 깨물어 보았다. 아플 만큼, 살점이 떨어져 나갈 만큼 세게 물었다가 입을 떼자 새빨갛게 잇자국이 남았다. 무의식적으로 반대쪽 팔에도 똑같이 했다. 머리가 핑 도는 듯한 쾌감이 다시 머리에서 다리 쪽으로 번졌다. 수없이 잇자국을 남길 때마다 미지근한 물이 몸속을 어루만지듯 흐르는 기분이 들었다. 더 이상 깨물 곳이 없어지자 나는 잇자국 천지인 팔을 가만히 바라보았다. 욱신욱신한 아픔을 호소하는 팔과는 반대로 정수리부터 발끝까지 통증과는 완전히 다른 감각이 싹텄다.

팔을 깨물 때마다 쾌락의 물결은 커졌다. 아픔에서 오는 쾌락이 아니라, 깨문다는 행위에서 오는 쾌락이었다. 남편과 육체관계를 맺지 않은 지 3년, 그동안 자위행위조차 하지 않았던 내 몸은 지금 분명 깨어나 있었다.

손가락을 머뭇머뭇 다리 사이로 미끄러뜨렸다. 역시 젖어 있었다. 젖은 채 단단하게 부풀어 오른 돌기가 3년 만의 접촉에 아플 만큼 민감하게 반응했다. 나는 급히 일어나 옷을 벗어던진 후, 욕실로 달려가 샤워 커튼을 치고 샤워기를 들었다. 손잡이를 내려 따뜻한 물을 확 틀었다. 수압이 강한 물줄기를 다리 사이에 대자 물방울 하나하나가 가느다란 촉수처럼 막무가내로 그곳을 어루만졌다. 뜨뜻미지근한 물이 스미고, 손가락을 연상시키는 따스한 물줄기가 가랑이 사이를 끊임없이 자극했다.

몸이 모든 물방울에 감응해 경련이 일어나기 시작했을 즈음, 손끝으로 가슴을 잡고 어루만지자 스스로 생각하기에도 민망한 신음 소리와 함께 순식간에 절정에 도달했다.

잠시 넋을 놓은 채 밭은 숨을 헉헉 내쉬고 있다가 양손으로 샤워기를 고쳐 잡고 머리 위에서부터 물을 뿌렸다. 말아둔 머리가 원래대로 펴지고 진하게 떡칠한 화장이 지워져나갔다. 폭포수 같은 따스한 물보라 속에서 이건 꿈이라고 생각했다.

울고 있던 나는 가짜고, 도쿄로 돌아가면 분명 지금까지와 다름없는 생활이 돌아온다. 남편이 내연녀 집에 드나들고, 나는 미라잉에게 푹 빠져 있고, 한가한 전업주부들의 입방아에 오르면서도 나름대로 균형 잡힌 일상이.

샤워기를 다시 사타구니에 댔다. 한 번 절정에 달해 민감해진 탓인지 약간의 자극만으로도 온몸이 바르르 떨렸다. 깨어난 몸이 더욱 큰 자극을 원해 나는 손가락을 입에 넣고 세게 깨물었다. 모자란다. 어깨를 깨물어도 모자란다. 그러다 알아차렸다. 내가 제일 깨물고 싶은 곳은 입술이다. 아랫입술을 피가 나도록 세게 깨문 순간 두 번째 절정이 찾아왔다.

……오르가슴이 이런 거였던가.

샤워기를 움켜쥔 채 욕조에 맥없이 누워 애절한 잇자국으로 가득한 팔을 바라봤다. 꿈이지만, 이건 꿈이지만 사랑하기에는 부족한 나를 다시 연민이나 자애 어린 마음으로 사랑해줄 수 있을지도 모르겠다고 생각했다. 내가 제일 좋아하는 건 나. 두 번째는 미라잉, 세 번째가 남편. 그렇다면 우리는 대등하다.

오사카 공연을 전부 관람한 후 연이어 개최된 하루 한정 후쿠이 공연에도 따라갔다. 이틀 휴식 후 나고야 공연까지 관람하고 여드레 만에야 도쿄에 돌아왔다. 카드로 현금 인출한 200만 엔은 표 값과 숙박비로 다 썼다.

어디에 숙박하든 밤 공연을 마치고 호텔로 돌아가면 제일 먼저 욕실로 가서 홀린 듯이 자위를 했다. 어떤 의미에선 나 자신을 관찰한 것 같은 기분도 들었다. 한순간이라도 미라잉의 얼굴이 떠오를까 싶어 시험해 보았지만 역시 떠오르지 않았다. 죄악감 때문이 아니라 단순히 관계를 맺고 싶다는 생각이 안 들어서 그랬다. 사실 누구의 얼굴도 떠오르지 않았다. 나는 나 홀로 완결된 셈이다. 적어도 성욕의 측면에서는.

덧붙여 여기에는 뜻밖의 특전이 있었다. 육체적 쾌락을 느껴 호르몬 분비가 활발해진 덕분인지 놀랄 만큼 거울 속 피부가 좋아졌다. 또 질과 항문의 수축 운동으로 복근이 단련돼 허리가 잘록해졌다. 먹어도 안 찌는 체질이라고는 하나, 운동이 부족해 뱃살이 조금 늘어졌던 건 부정할 수 없는 사실이었다.

도쿄에 도착하자 짐을 든 채 버스토로 향했다. 만약 자바 더 헛이 있으면 약간은 너그럽게 봐줄 수 있지 않을까 싶었는데 없었다.

콘서트 대기실 사진이 들어왔기에 번호를 적어 계산대로 갔다.

"원정 다녀오셨어요?"

이시다 씨가 사진을 봉지에 담으며 물었다.

"오사카, 후쿠이, 나고야에 다녀왔어요."

"고생 많으셨네요."

사진을 받아 매장을 나서자 어디서 보고 있는 게 아닐까 싶을 만큼 타이밍을 딱 맞춰 남편에게 전화가 왔다.

"마침 잘됐네. 이사 업체 부르기 전에 짐이 얼마나 되나 확인하러 집에 한번 갈 생각이었거든. 그때만 사나 짱을 좀 내보내 줄래?"

"……언제 올 건데?"

"지금 가려고. 20분쯤 걸릴 거야."

택시를 타고 정말로 20분 만에 맨션 앞에 도착해 캐리어 가방을 끌며 출입구에 들어서자 활동 영역을 바꾼 듯 낯익은 전업주부 두 명이 유리문 안쪽에서 이야기를 나누고 있었다.

"어머, 사쿠라이 씨. 오랜만이야. 어디 갔었어?"

"아, 서쪽 지방에 잠깐."

"뭐 하러 갔었는데?"

"……좋아하는 사람 보러."

나는 눈인사를 하고 황당한 표정을 지은 여자들 앞을 지나쳤다.

"뭐야? 불륜이야?"

"바람피우나 봐."

"남편 반응이 궁금하다. 어머나, 세상에."

아주 즐거운 듯한 목소리가 들려왔지만 무시하고 엘리베이터를 탔다.

집 앞에 다다르자 문이 잠겨 있지 않았다. 문을 열고 캐리어 가방을 들여놓는데 뜻밖에도 익숙한 발소리가 들려왔다. 남편이었다.

"회사는?"

깜짝 놀라 목소리가 뒤집어졌다.

"방금 돌아왔어. 한 시간 있다가 다시 돌아가야 해. 그 시간

동안 진지하게 이야기하고 싶어. 당신도 진솔하게 대답해 줘."

"알았어."

흐름에 밀려 식탁에 남편과 마주 앉았다. 그는 생수를 마시며 한숨 돌린 후 과장된 투로 말했다.

"3등은 아예 글러먹은 거야?"

"……뭐?"

"결혼할 때 당신이 그랬지. 자기는 지금까지 줄곧 3등 인생을 살아왔다고. 그게 당신 열등감의 원인이라는 걸 얼마 지나고 나서 깨달았어. 근데 3등이면 안 되는 거야?"

"당신이 무슨 국회의원이라도 돼? 그렇게 구분하고 따지는 작업이면 내가 더 잘할 텐데."

"알아. 당신이 우수한 직장인이었다는 건 우리 회사에서 당신과 합을 맞춰본 사람이라면 누구나 다 알지. 그래서 당신이 전업주부가 되고 싶다고 했을 때 솔직히 의외였어."

"잠깐. 이대로 가면 이야기가 엇나가. 한 시간뿐이라며. 결론부터 말해."

남편은 가슴 주머니에서 사진 한 장을 꺼내 내 눈앞에 내밀었다.

"이게 사나 짱이야."

"……."

"당신 성격상 사진을 찾아보지도 않았겠지."

처음으로 본 사나 짱은 어떻게 봐도 얼굴이 3등이었다. 3등 인생을 오래 살아와서 척 보면 안다. 그보다도 십수 년 전 내 얼굴을 놀랄 만큼 쏙 빼닮았다.

"당신 말이 맞았어. 스폰서한테도 몸으로 영업을 했더라고. 그쪽에서 준비한 맨션에 갔어. 게다가 고향에 남자 친구도 있더 군. 첫 경험은 열세 살 때였대. 여자는……."

"그런 법이랍니다. 여자는. 당신이 견실하고 성실한 공무원 이라면 만나는 여자의 50퍼센트 이상이 첫 경험 전이었겠지만, 그런 업계에 있는 걸 어떡해? 포기하는 편이 나을 것 같은데? 그래서 결론은?"

잠시 침묵이 흐른 후 남편은 기어들어가는 목소리로 "이 집 에 있어줘" 하고 말했다.

"난 이제 당신을 전혀 사랑하지 않는데 괜찮겠어?"

"따로 좋아하는 사람이라도 생겼어?"

"미라잉."

"그럼 괜찮아."

남편은 손목시계를 확인하고 내게 고개를 돌렸다.

"아무튼 그런 의미에서 당신한테 부탁이 있어."

"뭔데."

남편은 곁에 놓아둔 쇼핑백에서 제복 비슷한 의상을 꺼내 펼쳤다.

"새로운 의상이야. 입어줘. 돌아가야 할 시간까지 아직 20분 남았어."

"뭐야, 질리지도 않아?"

"당신은 미라잉한테 여자 친구가 있다는 말을 듣고서도 전혀 동요하지 않았지. 그게 진정한 팬의 자세다 싶었거든."

정말이지 귀에 걸면 귀걸이, 코에 걸면 코걸이 같은 해석이다. 내가 거부를 뜻하는 한숨을 쉬어도 남편은 기죽지 않았다.

"우리 사이에 사랑이 없는 건 몸의 대화가 없어서일지도 몰라. 몸으로 대화를 나누면 혹시 애정이 돌아올지도 모르잖아."

나는 잠시 생각한 후, 그의 주장도 일리가 있다고 스스로를 억지로 설득해 의상을 받아들었다. 옷을 벗자 팔에 생긴 잇자국을 남편이 재빨리 눈치채고 안색이 달라진 얼굴로 내 손을 붙잡았다.

"뭐야 이거!"

"내가 깨문 거야."

손을 뿌리치고 옷을 마저 갈아입으려 하자 뒤에서 남편이 꼭 끌어안았다.

"자해할 만큼 괴로웠다니, 빨리 말하지 그랬어……."

"그게 아니……."

"강한 척도 이 정도면 표창감이네."

기쁨을 감추지 못하는 목소리에 나는 깨달았다. 그는 뭔가 크게 착각하고 있다. 나는 쾌락을 위해 팔을 깨물었을 뿐이다. 내 쓸쓸함을 남편이 알아차려 줬으면 하는 응석받이 같은 바람은 눈곱만큼도 없었다.

해명할 틈도 없이 속옷이 벗겨졌다.

"잠깐, 아직 안 입었는……아윽."

남편이 가슴과 가랑이 사이를 동시에 문지르자 아픔과 쾌감으로 뒤섞인 신음이 나왔다. 요 며칠 연이은 자위로 완전히 깨어 있던 내 몸은 약간의 자극에도 과민하게 반응했다. 뒤에서 목덜미를 핥으며 양쪽 가슴을 어루만지는 것만으로도 다리 사이가 젖어들었다. 손가락이 그곳을 더듬더니 안으로 파고들었다.

사나 짱에게도 똑같이 했겠거니 생각해도 별다른 감정은 안 생겼다. 하지만 그가 느꼈을 우월감과 그녀가 스폰서와 잤다는 사실을 알았을 때 느꼈을 절망감은 지금도 궁금했다.

"저기, 당신은 몇 등 인생을 살아왔어?"

내가 물었다.

"나는 1등이야."

"하지만 탈모가 왔잖아?"

"탈모가 온 남자들 중에서는 단연 1등이지."

남편이 내 손을 붙들어 자기 다리 사이로 가져갔다. 3년 전과 변함없이 단단했다.

"인생에서 뭔가 결핍됐다고 여긴 적은 있어?"

"헤아릴 수도 없이 많이. 하지만 그때마다 채워 넣으면 그만이야."

손가락과는 또 다른 단단한 느낌이 그곳에 와 닿았다. 성관계로 채울 수 있는 결핍은 결핍 축에도 들지 않았다. 그렇게 생각하면서도 차가운 식탁에 엎드려 빈곳을 채우듯 남편의 물건을 받아들였다.

3년 치는 어림도 없다. 하지만 하루치 정도라면 어느 정도 채워진 것 같은 기분이었다.

2장

—

그는 내가 꿈꾸던 아들

—

에도가와강을 건너면 지바다.

평생 수입의 대부분을 투자해 도쿄 지역 번호 03을 손에 넣느냐, 앞으로 살림살이가 조금이라도 펴도록 지바 지역 번호 04×를 감수하느냐, 기혼자 인생의 대부분은 거기서 결정된다.

지바와 마찬가지로 도쿄에 인접한 가나가와라는 베드타운(대도시 주변에 주거 기능을 위주로 형성된 도시 – 옮긴이 주)은 요코하마와 요코스카를 껴안고 있어 어쩐지 세련된 분위기를 자아내는데 비해, 사이타마와 지바는 그야말로 천덕꾸러기 신세다.

지바에서 나고 자랐지만 일평생을 지바에 바칠 생각은 없었다. 언젠가 저 강을 건너 도쿄에 살고야 말겠다고 어릴 적부터

'도쿄'의 영상을 볼 때마다 속으로 맹세했다.

하지만 열아홉 살 때 지바 남자가 나를 임신시켰다. 남자의 본가는 마쓰도 시로, 지바라고 해도 그나마 도쿄에 가까웠다. 같이 살자며 남자는 집을 빌렸다. 그 연립 주택은 마쓰도 시에 있었으므로 내가 참견할 여지는 없었다.

스무 살에 엄마가 되고 15년이 흘렀다. 중학생 아들은 사춘기의 정석대로 양아치가 되어 나를 '거지 같은 아줌마'라고 부른다. 어쩌다 보니 남편이 된 남자는 나 몰래 참가한 맞선 파티에서 만난 어느 청년 실업가의 '1년 후에는 포르쉐를 살 수 있고 여자에게도 인기를 끌 것'이라는 구슬림에 넘어가 다단계에 빠져 빚을 졌다. 다행히 갱생했지만 2년 후, 이번에는 스낵바에서 일했다는 젊은 여자의 꼬드김에 넘어가 또 다단계에 빠져 빚을 졌고, 또 갱생해 현재는 노래방과 야간 공사 아르바이트를 하고 있다. 아마 앞으로 한 번쯤 더 다단계에 빠지지 않을까 싶다.

나는 그런 남자 둘과 함께 아직도 마쓰도의 연립 주택에 살고 있다. 처음 살았던 곳보다 더 작은 곳에.

남편이 두 번째로 빚을 졌을 때, 나는 자살을 시도했다. 아픈 건 싫어서 수면제를 잔뜩 삼켰다. 하지만 흔히 실패 사례가 그렇듯 양이 모자랐다. 집에 온 남편은 바닥에 쓰러져 의식을 잃은 나를 철썩철썩 때리며 고함을 질렀다.

"야, 지금이 자빠져 잘 때냐? 빨리 밥 내놔. 술도 없으니까 빨리 사 와."

앞으로 내 인생에 구원은 있을까. 귀싸대기를 맞으며 그런 생각을 했던 게 기억난다.

구원은 못 받을지도 모르지만 살아갈 수는 있다.

나는 얼간이가 틀림없지만, 초등학교와 중학교 등 내가 소속된 곳에는 나를 웃도는 얼간이가 꼭 두 명은 있었다. 그리고 나는 얼꽝이 분명하지만, 역시 나를 웃도는 얼꽝이 반드시 두 명은 있었다.

얼간이나 얼꽝은 수재 혹은 미인을 동경하지만, 같은 테두리에는 들어가지 못해 항상 얼간이나 얼꽝끼리 어울리기 마련이다. 머리 나쁜 미인이라는 특별한 집단이 있기는 하지만 멍청한 미인은 여자끼리 어울리지 않고 대개 남자와 함께 행동한다. 상대 남자도 일반적으로 머리가 나쁘지만 얼굴은 잘생겼고 예쁜 여자라면 사족을 못 쓴다.

유유상종이라는 말은 아주 편리하다. 일본에 차별은 없다고 국가는 주장하지만, 서민이 속한 세간에는 계층 제도, 즉 '비슷한 사람들끼리 뭉치는 제도'가 반드시 존재한다. 단지 아무도 입 밖에 꺼내지 않을 뿐이다.

나는 두뇌도 외모도 최하층에 속해 있으며 그 안에서 내 위치는 '아래에서 세 번째'다. 아래를 보지 말고 위를 보라고 어떤 유명한 사람이 텔레비전에서 말했지만, 위만 보고 살아가면 죽고 싶어진다. 내 아래에도 누군가가 있다는 안도감은 삶의 활력소다.

자살을 시도했지만 남편의 억센 손길에 눈을 떴을 때, 나는 처음으로 남편에게 반격했다.

"밥 정도는 알아서 처먹고 들어와, 이 밥버러지야! 그놈의 술, 술. 실컷 처먹고 뒈지던가! 길바닥에 자빠져 뒈지란 말이야, 이 망할 놈아!"

그런 소리를 하면서 우산을 마구 휘둘렀던 모양이다. 그저 숨어서 지켜보는 게 고작이었던 당시 초등학교 5학년 아들 말로는, 반쯤 잠든 채 퍼붓는 공격이 마치 격투 게임인 철권을 보는 것 같아서 아주 무시무시했다고 한다. 그날 이후로 남편은 내게 강하게 나오지 않았다. 대신 대화가 없어졌다. 그리고 얼마 지나지 않아 아들은 삐뚤어졌다.

애당초 남편과 함께 살기 전까지만 해도 나는 명랑한 얼간이였다. 얼간이에 못생겼지만 나름 인생을 즐겁게 살아왔다. 그런데 아이가 생겼다는 이유 하나만으로 그 인생이 망가진 것이다.

남편과 대화가 없어지고 아들까지 삐뚤어지자 어쩐지 될 대로 되라는 기분이 들었다. 동네에서 맹숭맹숭한 파트타임으로 일을 하기도 질렸던 참이라 도쿄의 힙한 곳에 일거리를 얻으러 고급 맨션이 늘어선 지역의 슈퍼마켓에 면접을 보러 갔다. 시급을 100엔 많이 주는 것에도 놀랐지만, 다루는 상품의 가격도 지바보다 훨씬 비쌌고, 생전 처음 보는 식재료가 당연하다는 듯이 진열되어 있었다.

그렇게 언젠가 살고 싶었던 곳에서 일한 지 벌써 3년째다.

"조카가 수험생인데."

업무를 마친 후 휴게실. '리치마트'에서 함께 파트타임을 뛰는 주부들은 대개 생활 환경이 비슷하다. 지바에서 여기까지 일하러 오는 사람은 나뿐이었고 여기서도 나는 파트타임 직원들 중 아래에서 세 번째 위치였다.

"어디 시험 칠 거래?"

"보낼 학교가 없다고 하면서도 포기는 안 하려는 모양이더라. 씨앗도 밭도 엉망이니 고등학교에 보내봤자 허사일 텐데."

중년 여자들이 뒤룩뒤룩 살이 찐 배를 내보이며 유니폼에서 평상복으로 갈아입었다.

"우리 아들은 이미 포기했어요. 저도 포기했고요."

나도 일단 수험생의 엄마이므로 이야기에 끼어보았다.

"마시코 씨, 지바 살잖아. 지바는 좀……."

"그치……."

"어머나, 지바에 편견이 너무 많은 거 아니에요? 이러니저러니 해도 지바에는 도쿄가 두 개나 있는걸요. 도쿄 디즈니랜드랑 신 도쿄 국제공항."

"그러게. 지바인데 도쿄네. 어차피 이름에 도쿄를 붙일 거면 아키루노(도쿄 도 중 23특별구에 속하지 않은 외곽 다마 지역에 위치한 시 – 옮긴이 주) 근방에 만들면 됐을 걸 가지고. 땅도 남아도니까."

"……아키루노가 뭐예요?"

"응? 에이 참, 이러니까 지바는."

뭐가 우스운지 여자들이 깔깔 웃음을 터뜨렸다.

리치마트의 파트타이머들은 다들 고급 맨션을 은근슬쩍 흉내 낸 낡은 주공맨션에 사는 주부들이다. 고급 맨션 사람들과는 수입이 한 자릿수, 자칫하면 두 자릿수나 차이 난다. 여기서 일하면서 제일 먼저 느꼈던 차이는 바로 신용카드였다. 지바의 모텔

프런트에서 일하던 때는 본 적도 없는 종류의 카드가 여기서는 기본이었다. 우리 같은 파트타이머는 평생 가질 수 없을 금색, 은색, 검은색 카드들. 우리 같은 계층들이 냉큼 만드는 무료 포인트 카드는 아무도 거들떠보지 않는다. 차원이 너무 달라서 부러워할 마음조차 들지 않았다.

오늘은 주간조라 5시에 끝난다. 나는 가볍게 화장을 고치고 머리를 다시 묶었다.

"어, 마시코 씨, 어디 가?"

제일 나이가 많은 여자가 군살이 붙은 배를 내놓은 채 물었다.

"네, 아직 시간이 있으니까 디셈버스 스토어에 들렀다 가려고요."

"디셈버스 스토어? 마시코 씨는 누구 팬이야?"

여자가 수험 이야기는 제쳐놓고 이번에는 내게 화제를 돌렸다. 스노우화이트의 핫치라고 대답한들 분명 아무도 모를 테니 그냥 "INAZUMA의 사쿠 존이요" 하고 대답했다.

"아아, 존 좋지. 얼굴도 예쁘장하고 연기도 잘 하고, 나도 그런 아들 낳고 싶었는데."

그 자리에 있었던 여자들이 하나같이 표정을 누그러뜨리며 고개를 끄덕이더니 저마다 자기 아들이 얼마나 형편없는지 시끄럽게 떠들어대기 시작했다. 알아, 안다고. 정말이지 현실 세계의 '자기 아들'은 구제 불능이라니까. 내 배가 제조원이니 누구한테 불평할 수도 없고 말이야.

나는 하염없이 계속될 분위기인 망나니 아들 자랑 대회에서 빠져나와 지하철역으로 향했다.

도쿄 도심부 지하철 노선은 이제 완벽하게 터득했다. 멍청한 내가 참 잘도 외웠다 싶다. 디셈버스가 아니었다면 아마 평생 못 외웠을 것이다.

아들이 삐뚤어질 징조가 보이기 시작했을 무렵, 나는 스노우 화이트의 하치 오지와 만났다. 중학교 시절의 얼간이 얼짱 그룹의 친구, 요코가 "INAZUMA 완전 쩔어! 분명 푹 빠질 거야"라며 나를 사이타마 슈퍼 아리나에서 열린 데뷔 콘서트에 데려갔다. 셈버(디셈버스에 소속된 남자 연예인을 좋아하는 사람들의 통칭 - 옮긴이 주) 친구가 못 오게 돼서 표가 남았다는 이유로.

애초에 아이돌에는 흥미가 없었고 다 큰 어른이 보러 갈 공연도 아니라 생각하면서도 공짜라기에 가보았더니 무대 구석에 '내 아들이면 얼마나 좋을까' 하고 내가 평소 꿈꿔왔던 아들이 거기 있었다. 통통하니 보드라워 보이는 피부에, 아직 미성숙한 소년의 몸으로 환한 웃음을 띤 채 고운 머릿결을 찰랑거리며 온 힘을 다해 춤추는 그 남자애는 그야말로 꿈같은 아들이었다. 구석이라 스포트라이트는 비치지 않았다. 하지만 내 눈에는 거기만 빛나는 것처럼 보였다.

"조~~~~온!!"

옆에서 관자놀이에 핏대를 세운 친구가 이러다 죽는 게 아닐까 싶을 만큼 바락바락 소리를 지르며 사쿠 존을 향해 '빵 해줘'라고 적힌 부채를 흔들었다. 설마 빵을 만들어달라는 건 아니겠지?

"야, 저기."

내가 말했다.

"조~~~온, 조~~~~~~온!! 꺄아아악~~!!"

"야,야!"

"조~~~온!! 꺄~~악. 조~~~온!!"

무심코 "요코오오오!" 하고 고함을 지르고 싶어졌다.

구석에서 춤추는 아이의 이름과 경력을 물어보려고 말을 걸었지만 전혀 귀에 들어오지 않는 듯 결국 끝까지 친구의 입에서 나오는 말이라곤 '존'과 '꺄악' 뿐이었다. 그리고 마지막에야 겨우 '빵 해줘'의 수수께끼가 풀렸다. 빵을 만들어달라는 게 아니라 '손가락으로 권총 모양을 만들어 쏘는 시늉을 해달라'는 뜻이었다. 존이 빵을 해주자 친구는 한순간 눈을 까뒤집으며 졸도 직전까지 갔다.

돌아오는 길에 들른 저렴한 선술집에서 친구는 간신히 제정신을 차린 뒤(어쩐지 전체적으로 창백해지기는 했지만) 내가 '꿈같은 아들'이라고 생각한 아이는 열네 살짜리 노벰버스 '하치 오지'라고 가르쳐주었다. 덧붙여 디셈버스에서 데뷔를 기다리는 연습생을 통틀어 노벰버스라고 한다고 한다는 사실도. 그리고 하치 오지는 성이 아니라 하치가 성이고 오지가 이름이다. 별명은 핫치나 프린스지만, 본인이 프린스라고 부르는 걸 싫어해서 팬들은 모두 핫치라고 부르는 모양이었다.

내 아들은 당시 열세 살이었다. 핫치는 열네 살이지만 내 아들보다 작고, 얼굴이 훨씬 사랑스럽고 예쁘장했다. 여드름 하나 없이 매끈한 피부가 마치 아기 같았고 느낀 그대로 말하자면 '천사' 그 자체였다. 대체 이 차이는 뭘까. 인간의 유전자는 각자 우열이 명확하게 구분되어 있는 것 아닐까.

"INAZUMA보다 핫치가 좋았어?"

친구가 물었다.

"응, INAZUMA한테는 딱히 흥미가 안 생기더라."

"하지만 핫치는 노벰버스라서 콘서트 같은 거 거의 없는데?"

"그럼 평소에는 뭐 하는데?"

"선배 디셈버스의 백댄서."

눈물이 날 것 같았다. "이 거지 같은 아줌마야, 밥 멀었어?" 하고 욕설을 퍼부으며 늘 생활비에서 돈을 훔쳐가는 구제 불능 밥버러지에, 얼굴까지 가망 없는 아들과 어쩜 이리 다를까. 태어난 지 아직 14년밖에 지나지 않은 남자애가 기를 쓰고 춤추는 모습만 떠올려도 가슴이 뭉클해졌다. 내가 심취한 걸 눈치챘는지 친구는 눈살을 찌푸리며 내게 충고했다.

"저기, 벰버는 가시밭길이야."

"그건 또 무슨 소리야?"

"곧 알게 될 거야."

얼마 후 나는 친구의 말이 무슨 뜻인지 이해했다.

핫치는 그 콘서트 반년 후, 네 명으로 구성된 데뷔조 그룹 스노우화이트의 다섯 번째 멤버로 발탁됐지만 그때까지가 그야말로 가시밭길이었다.

어느 그룹, 또는 누구의 콘서트 백댄서로 붙을지 알 수 없다. 선배가 텔레비전 음악 방송에 나올 때 어쩌면 따라 나올지도 모르므로 전부 녹화해야 한다. 딱히 의무고 뭐고 아니지만, 나는 그 콘서트에서 이미 '꿈같은 아들'의 포로가 되고 말았다. 친구의 조언대로 디셈버스 공식 '노벰버스 팬클럽'에 가입해 메일로 배포되는 그들의 활동 정보를 샅샅이 확인했고 그러다 핫치가 스노우화이트에 발탁됐다는 메일을 봤을 때 높은 계단을 한 단 올라간 기분이 들었다.

스노우화이트는 노벰버스 중에서도 비교적 등급이 높은 그룹이라 다들 핫치보다 다섯 살쯤 나이가 많았다. 그야말로 이례적인 발탁이었다. 선배 콘서트에 백댄서로 붙을 때도 출연자란에 노벰버스가 아니라 스노우화이트로 표기되므로 표를 구입할 때 '혹시 나올지도 모른다'는 로또식 구매는 적어졌다. 대신, 그룹에 소속된 뒤 발매되는 공식 사진의 숫자가 확 늘었다.

"합쳐서 열두 장이네요. 1,800엔입니다."

디셈버스 스토어, 통칭 버스토의 카운터 안에서 종업원 이시다 씨가 기계적으로 금액을 말했다. 나는 타격이 크다고 생각하면서도 지갑에서 1,000엔짜리 두 장을 꺼냈다. 하지만 마음을 바꿔 죄송하다고 양해를 구한 뒤 사진을 확인하며 여섯 장을 추려냈다.

"그냥 이것만 계산해 주세요."

"네, 그럼 900엔입니다."

1,800엔은 우리 집 나흘 치 식비다. 더 일해야 한다. 가게를 나선 후 날이 저물었는데도 휘황찬란하게 밝은 시부야의 하늘을 한숨과 함께 올려다보았다.

며칠 후 아들이 다니는 중학교에 면담을 하러 갔다. 지금 일하는 슈퍼는 그런 면에서 상당히 편의를 봐주기 때문에 안심하고 학교에 갈 수 있었다. 하지만 아들에 관해서는 전혀 안심이 안 됐다.

나는 의자에 삐뚜름히 걸터앉아 아래턱을 내민 채 위협하듯 교사를 노려보는 아들 옆에서 맞은편에 있는 교사에게 몇 번이고 머리를 숙였다.

"고등학교에 간다고 밥 먹여주나."

"죄송합니다. 죄송합니다."

"이 거지 같은 아줌마야, 고등학교 나왔다고 인생에 무슨 도움이 되냐고? 기껏해야 슈퍼 계산대 일이나 하는 주제에."

"죄송합니다, 아들 입이 험해서 죄송합니다."

"왜 자꾸 사과야? 자존심도 없어?"

아들의 그런 태도에 익숙한지 중년 남자 교사는 별로 신경 쓰지 않는 눈치로 "아무튼 이대로는 갈 수 있는 고등학교가 없습니다"라고만 말했다. 이미 10월이라 다른 학생은 대부분 지망 고교를 결정했다고 했다.

면담을 마치고 돌아가려는데 교사가 문가에서 아들을 불러 세웠다.

"마시코 군, 아쉽지만 양쿠미(일본 드라마 〈고쿠센〉의 주인공 야마구치 구미코의 별명. 문제 학생들과 교감하며 그들을 이끌어나가는 캐릭터다 – 옮긴이 주) 같은 선생님은 없고, 우리 선생님들은 네 인생을 책임지지 않아. 고등학교에 가든 말든 네 마음이지만, 앞으로는 전부 네 책임이야. 그걸 명심하고 장래를 결정하렴."

"시끄러워, 꼰대야! 어디서 훈계질이야!"

"이이, 선생님, 죄송합니다, 정말 죄송합니다."

"거지 같은 아줌마야, 머리 그만 조아리고 빨리 일이나 하러 가!"

"네가 자꾸 그딴 식으로 나오니까 그러는 거잖아, 이 못된 놈아!"

"시끄러, 닥쳐, 이 거지 같은 아줌마야!"

아들은 어마어마한 팔자걸음으로 어깨를 흔들며 혼자 복도를 걸어갔다. 교사에게 다시 사과하고 쫓아가려는데 교사가 불러 세웠다.

"아드님은 아직 갱생의 여지가 있습니다. 부디 잘 다독여 주세요."

정말 뜻밖의 말이었다.

"네? 저 녀석의 어디에 갱생의 여지가?"

"아직 반항하는 태도를 취할 수 있으니까요. 무기력해져서 자신만의 방에 틀어박히는 게 제일 무서운 법이거든요. 그렇게 되면 손쓸 방도가 없어요. 어머님을 아끼는 모양이니, 부디 고등학교에 갈 수 있도록 집에서 공부를 시켜주십시오."

"쟤가 저를 아낀다고요?"

"아끼지 않는다면 자존심도 없느냐는 말이 나오겠습니까?"

교사의 말에 어설픈 웃음으로 답하면서 그럴 리 없다고 생각했다. 실제로 나도 중학교 때 아들 녀석과 비슷하게 반항했지만, 부모님을 아끼는 마음은 털끝만큼도 없었다.

학교를 나서서 전철을 타고 더럽게 바쁜 저녁에 세 시간만 리치마트에 출근했다. 원래 앞치마 주머니에 휴대전화를 소지하는 건 금지지만, 오늘만큼은 규칙을 어겼다. 한 달 전에 신청한 '노벰버스 가을 대감사제!' 당락 안내 메일이 오기 때문이다. 이번 경쟁률은 30대1이라 금싸라기 표가 될 것이 분명했다. 메일은 오후 8시에 일괄 송신될 예정이었다.

계산대에 늘어선 줄은 7시 50분이 될 때까지 끊어지지 않았다. 7시 55분쯤 되자 겨우 짬이 났다. 슬슬 메일이 오지 싶어 심박수가 최고조에 다다랐을 때 한 여자가 계산대에 바구니를 요란하게 내려놓았다.

젠장, 좀 더 일찍 오든가 늦게 오지. 그런 속내와 달리 웃으며 "어서 오세요" 하고 여자의 얼굴을 보자 길거리에서 여간해서는 보기 힘들 만큼 미인이었다.

아아, 이런 미인으로 태어났다면 인생이 바뀌었을까.

나는 잠시 넋을 놓고 그 여자의 얼굴을 바라보았다.

이 시간에 이 슈퍼에서 장을 봤으니 부유층에 속하는 이 부근 주민이겠지. 아들에게 '거지 같은 아줌마'라는 말도 절대 안 들을 테고.

여자는 표정 변화 없이 지갑에서 아메리칸 엑스프레스 플래티넘 카드를 꺼내 계산대에 내려놓았다. 정신을 차리고 허둥지둥 상품 바코드를 리더기로 찍고 있자니 앞치마 주머니에서 휴대전화가 진동했다.

나는 일하는 중이라는 것도 잊고 급히 앞치마 주머니를 뒤적였다. 그때 어째선지 손님도 완벽히 똑같은 행동을 취했다. 앞치마는 아니지만 얼핏 보기에도 비싼 티가 나는 검은색 재킷 호주머니에서 휴대전화를 꺼내 펼쳤다.

"……히이이익."

메일 제목에 '당첨 안내'라는 글씨를 보고 목구멍에서 환희에 찬 목소리가 새어 나왔다.

반면, 미인 손님은 "아……아아……" 하고 다 죽어가는 노인 같은 목소리를 흘리더니 이 세상이 다 끝난 듯한 표정으로 휴대전화를 닫았다.

어라? 싶었다. 내 일에 정신이 팔려 이제야 생각났지만, 여자가 휴대전화를 보기 전에 희미하게 들린 수신음은 "메일 왔어요. 빨리 확인해요!"라는 남자 목소리였다. 그리고 나는 그게 누구 목소리인지 안다. 기억이 틀리지 않았다면 스노우화이트의 멤버 간다 미라이의 수신 알림 음성이다(모바일 사이트에서 유료로 다운받을 수 있다).

"저어……."

나는 용기 내 여자에게 말을 걸었다.

"왜요?"

여자는 언짢음이 가득한 표정으로 말했다.

"아니라면 죄송해요. 혹시 지금 그거 대감사제 당락 안내 메일인가요?"

"……."

"떨어지신 거죠?"

"그래서 뭐요?"

"제가 두 장 신청했는데 붙었거든요. 혹시 괜찮으시면 한 장 드릴게요."

왜 그런 제안을 했는지는 나도 모르겠지만, 그 순간 언짢았던 여자의 얼굴에 웃음꽃이 피었다.

영리 목적의 전매 및 암표상 대책을 위해 요즘은 당일 현지에서 신분증과 팬클럽 회원증을 제시해야 표를 넘겨주는 경우가 늘었다. 이번 대감사제도 마찬가지였다.

나는 '돈과 미모가 있어도 해결이 안 되는 일이 있다'는 사실을 여기서 처음으로 알았다. 얻지 못한 표는 늘 암표상에게 구입한다는 여자가 반쯤 울면서 고마워했다. 고맙다는 표시로 뭐든지 해주겠다는 여자의 호의를 받아들여 나는 당신 집에 가보고 싶다고 요청했다.

흥분해서 정상적인 판단력을 잃었으리라. 두말없이 고개를 끄덕인 여자는 리치마트에서 걸어서 3분 거리에 있는 타워맨션 22층의 집에 순순히 나를 데려갔다. 문패에는 '사쿠라이'라고 적혀 있었다.

우리 집의 두 배도 넘을 법한 거실에서 창밖으로 도시의 야경이 보였다. 부엌에서 차를 우리는 동안 여자는 드디어 정신을 차렸는지 하얀 가죽 소파에 앉은 나를 아까 전 그 언짢은 표정으로 바라보았다.

"죄송해요. 하지만 저 절대 수상한 사람은 아니에요. 그냥 부잣집은 어떻게 생겼는지 보고 싶었을 뿐이에요."

"우리 집은 그렇게 부자도 아닌데."

여자는 나지막한 테이블에 홍차를 내려놓고 맞은편 소파에 앉았다. 컵에서 피어오르는 김에서 놀랄 만큼 좋은 향기가 풍겼다.

"어휴. 부자이신걸요. 부러워요. 자녀분과 남편분은?"

"아이는 없고, 남편은 일. 집에 안 가봐도 괜찮아요?"

에둘러서 '돌아가라'고 재촉한다는 건 눈치 챘지만 좀 더 부자 기분에 젖어 있고 싶었던 나는 천연덕스럽게 대답했다.

"괜찮아요. 그런 사고뭉치 아들과 남편을 위해 밥 짓는 것도 지긋지긋하거든요."

"아들이 있구나. 몇 살?"

"열다섯 살. 수험생이에요."

"핫치보다 한 살 아래? 그쪽은 몇 살인데요?"

"서른다섯이요."

여자는 입을 떡 벌린 채 내 얼굴을 빤히 보았다. 그리고 "나랑 동갑이네" 하고 말했다.

"어, 그게 그렇게 놀랄 일이에요?"

얼짱이지만 그렇게 노안은 아닐 텐데?

"그냥 동갑내기 여자한테 수험생 아들이 있다고 해서 놀란 거야."

여자는 "역시 일찍 결혼했으면 임신이 잘됐으려나" 하고 혼잣말로 푸념하더니 컵을 들어 홍차를 마셨다.

"아이는 있어도 고생만 하는걸요."

낮에 학교에서 있었던 일이 떠올라 기분이 씁쓸했다.

"없는 것보다는 낫지. 없으면 그런 고생조차 맛볼 수 없으니까."

여자는 나보다 더 씁쓸한 표정으로 내뱉듯이 말했다.

이렇게 예쁘니 분명 남편도 그에 걸맞은 미남이리라. 아들이 있었다면 디셈버스 오디션에도 붙을 만큼 귀여울 테고. 정말 아깝다.

여자 집에 두 시간쯤 있다가 마쓰도의 집으로 돌아오자 아들은 이미 자고 있었고 남편은 공사 현장에 야간 아르바이트를 하러 나가고 없었다. 이리 뜯어보고 저리 뜯어봐도 못생긴 아들의 얼굴을 보고 있으려니 한숨밖에 나오지 않았다.

사쿠라이라는 여자는 내가 바랐던 인생의 모든 것을 가지고 있었다. 도쿄 도심에 자리한 세련된 타워맨션, 비싸 보이는 옷, 아름다운 얼굴과 몸매. 나도 그런 인생을 원했다. 고생조차 맛볼 수 없다는 그녀의 말이 내 마음을 몹시 뒤흔들었다. 지금도 그 요동은 가라앉지 않았다. 분명 고생 한번 해본 적 없으리라. 회사에서 잠깐 일하다 같은 직장의 미남을 붙잡아 전업주부가 된 게 틀림없다. 그런 사람이 못생기고 삐뚤어진 수험생 아들을 둔 엄마의 노고를 어떻게 이해하겠는가. 맛보여줘도 두 시간 만에 내뺄 것이다.

나는 정강이에 털이 더부룩한 다리를 아무렇게나 내뻗은 채 잠든 아들의 얼굴을 다시금 들여다보았다.

지금은 이래도 어릴 적에는 귀여웠는데.

한숨을 쉬자 아들이 끙, 하고 작게 소리를 냈다. 그리고 눈을 희미하게 뜨더니 인상을 찡그렸다.

"더럽게 늦었네, 거지 같은 아줌마가……."

"미안, 미안."

"빨리 자빠져 자. 눈부셔서 잠을 못 자겠잖아."

잠기운에 취했는지 다음 순간 아들은 입을 반쯤 벌린 채 전동 톱 돌아가는 소리처럼 코를 골기 시작했다.

닷새 후 일요일, 대감사제가 요요기 제1체육관에서 열렸다. 다양한 연령층의 여자들로 붐비는 하라주쿠 역에서 사쿠라이 씨와 만나 체육관 입구에서 메일, 회원증, 면허증을 담당자에게 보여주고 표를 받았다.

"마시코 씨, 셈버라는 걸 남편과 아들도 알아?"

"말 안 했는데."

운 좋게도 우리가 받은 표는 아리나석(무대 앞쪽 공간에 설치된 좌석 – 옮긴이 주) 중에서 중앙 스테이지 바로 옆에 해당하는 좌석이었다. 들뜬 목소리로 떠들며 빛나는 눈으로 화장을 고치는 여자애들 옆에서 우리는 으쌰, 하고 의자에 앉았다.

"사쿠라이 씨는?"

"말했어."

"뭐라고 안 해?"

"남편은 KGB64 덕후니까 피차일반이지. 그보다 표 두 장 신청했다면서, 누구 같이 올 사람 있었던 거 아니야?"

사쿠라이 씨 말에 기분이 조금 무거워졌다. 원래는 아들과 같이 가면 좋겠다 싶었다. 네 또래 아이들이 이렇게 열심히 살고 있다면서 핫치의 모습을 보여주며 반성하게 하고 싶었다.

　"아니, 신경 쓰지 마."

　아들이 가지 않겠다면 존의 팬인 친구와 오려고 했지만, 걔와는 가능하면 멀어지고 싶다는 마음이 최근에 생겼다. 지금까지 여러 콘서트에 가본 결과 깨달았다. 걔는 너무 시끄럽다. 그런 팬은 주변에서도 몹시 민폐로 여긴다.

　"저기, 팬서 부채(팬서=팬서비스. 손을 흔들라거나 빵 해달라는 식의 부탁을 써놓는 부채. 이름 부채와는 별개로 만든다 - 옮긴이 주) 하나 빌려줘."

　나는 문득 생각나서 사쿠라이 씨에게 부탁했다.

　"그래. 안 가져왔어?"

　사쿠라이 씨는 보조 가방에서 '손 키스 날려줘', '3초 바라봐 줘', '브이 자 날려줘'가 적힌 부채 세 개를 꺼내 내게 내밀었다.

　"부채는 안 만들었어. 집이 좁아서 숨길 곳이 없거든."

　사쿠라이 씨는 한순간 할 말을 잃었지만 바로 평소의 무표정으로 되돌아가 "아무거나 골라" 하고 말했다. 나는 검은 바탕에 형광 오렌지색으로 쓰인 '3초 바라봐 줘'를 골랐다. 그 순간 콘서트장의 객석 조명이 꺼졌다.

"꺄~~~!!"

엄청난 환호성이 터지며 사방의 스크린에 오프닝 영상이 비쳤다. 사쿠라이 씨는 오른손에 '간', 왼손에 '다'라고 적힌 부채를 들고 일어나 입술을 깨문채 스크린을 가만히 바라보았다. 그녀는 옆얼굴도 아주 예뻤다.

선배 디셈버스의 곡이 커다랗게 흘러나오기 시작했다. 무대 안쪽에서 달려 나온 간다는 한층 커진 환호성 속에서 마이크를 쥐고 관객의 호응을 유도했다.

"다들 와줘서 고마워요!"

"꺄아~!"

"오늘 저희 노벰버스의 대감사제, 한껏 즐겨주세요!"

그 직후 핫치를 비롯한 스노우화이트 멤버들이 빛을 반짝반짝 흩뿌리며 무대 리프트에서 튀어 올랐다.

핫치는 처음 봤을 때보다 키가 20센티미터나 자랐다. 스노우화이트의 간다, 오후나가 나란히 춤췄고 핫치가 제일 컸다. 길쭉한 팔다리를 휘두르며 선배들을 따라잡으려고 열심히 춤추는 모습을 보니 예뻐 죽겠다는 심정이 활화산 같은 기세로 솟구쳤다.

저건 내가 꿈꾸던 아들이다. 절대 손에 넣을 수 없지만, 내가 유일하게 진심으로 원했던 깨물어주고 싶을 만큼 사랑스러운 아들.

어느새 나는 옆자리 사쿠라이 씨와 함께 펑펑 울면서 핫치의 이름을 외치고 있었다.

공연이 끝난 후 어쩐지 전체적으로 창백해진 사쿠라이 씨와 앞으로도 표를 공유하기로 약속하고 밤 10시에 헤어졌다. 내게 사례를 하고 싶었는지, 사쿠라이 씨는 '3초 바라봐 줘' 부채를 큰 천 가방에 넣어서 주었다. 부엌에라도 숨겨두면 안 들키지 않겠냐며.

실제로 이 부채 덕분에 핫치가 나를 3초나 바라봐 주었다. 손가락으로 직접 가리키며 윙크까지 해주었다. 그 3초가 영원처럼 느껴졌다.

나는 늘 밑에서 세 번째 인생을 살아왔다. 좋은 일보다 나쁜 일이 훨씬 많았지만, 나쁜 일에서 눈을 돌리고 웃으며 살면 어떻게든 되리라 생각했다.

난 영원 같았던 그 3초를 위해 지금까지 살아온 거야.

무거운지 가벼운지 모를 신기한 발걸음으로 연립 주택 계단을 올라 현관문을 열었다. 담배 냄새가 코를 찌르는 동시에 남편과 아들이 코 고는 소리가 들렸다.

지금 이렇게 행복한 기분으로 죽으면 좋겠다. 문득 그런 마음이 들었다. 문을 닫고 방으로 들어가면 다시 현실로 되돌아간다. 사랑하지도 않는 사고뭉치 두 명을 먹여 살리기 위해 돈을 벌고, 음식을 하고, 거지 같은 아줌마로 불리는 나날로 되돌아간다. 과연 그런 일상에 무슨 의미가 있을까.

나는 사쿠라이 씨의 사생활을 요모조모 알고 싶었지만 그녀는 입이 무거워서 남편 직업이 무엇인지, 본인은 어떤 사람인지 전혀 알아내지 못했다. 나쁜 사람이 아닌 것만은 알았지만.

아마 사쿠라이 씨는 야경이 보이는 그 넓고 예쁜 맨션에서 남편이 돌아오길 기다리며 홍차 한 잔과 함께 느긋하게 콘서트의 여운을 즐기고 있겠지. 나는 집에 들어가면 내일 아침을 준비하고, 빨래를 분류해서 타이머를 세팅하고, 출근에 대비해 콘서트의 여운을 즐길 겨를도 없이 잠자리에 들어야 한다.

다음에 또 노벰버스 콘서트가 있은들 그렇게 좋은 자리에서 핫치의 눈길을 3초나 받을 수 있다는 보장은 없다. 이게 마지막이었을지도 모른다.

정말 콱 죽어버릴까. 이번에야말로 모자라지 않게 약을 잔뜩 먹고.

그렇게 생각하면서도 나는 문을 닫았다. 집에 들어가 로봇처럼 몸에 밴 동작으로 쌀을 씻어 밥솥에 안치고 세탁기에 빨래를 넣고 타이머를 세팅한 후 목욕물을 다시 데웠다. 목욕물이 데워지는 동안 화장을 지우고, 옷을 갈아입고, 옷걸이에 널어 커튼봉에 걸어둔 마른 빨래를 걷어서 갰다.

괜찮다, 아직 살아갈 수 있다. 아들의 팬티를 개며 스스로를 타일렀다. 영원 같은 그 3초를 떠올리면 언제까지일지는 모르지만 어느 정도는 견딜 수 있다.

그날 밤, 엄마라고 불리는 꿈을 꿨다. 아쉽게도 핫치가 아니라 아들 목소리였다. 아직 어린 아들은 내 손을 붙잡고 장난감을 사달라고 울며불며 보챘다.

'우리 집은 돈이 없어서 못 사.'

'싫어, 사줘 엄마.'

'안 된다고 했잖아.'

'으앙, 돈 없는 거 싫어, 엄마.'

닥쳐 망할 놈아, 하고 소리를 질렀을 때 잠에서 깼다. 눈곱만큼도 가슴이 찡하지 않은 '엄마'였다.

두 남자에게 아침을 먹여 각각 일터와 학교에 보낸 후 나는 입술과 눈썹만 그리고 집을 나섰다. 11시 개점에 맞추어 종업원의 출근시간은 10시 반이다. 집이 멀다 보니 나는 늘 시간이 아슬아슬하다.

평소와 다름없는 하루가 시작될 터였다. 오늘도 간신히 늦지 않게 도착해 준비를 마치고 계산대에 서서 돈을 받으며 손님에게 수도 없이 감사하다는 인사를 하다가 끝날 것이다. 그런데 오후 3시가 지났을 무렵, 매장 책임자가 계산대 업무를 다른 사람과 교대시키더니 나를 사무실로 데려갔다.

"마시코 씨, 마쓰도의 야스코에서 전화가 왔는데."

"네?"

야스코는 내가 가끔 식재료와 옷을 사러 가는 마쓰도의 대형 쇼핑센터다. 거기서 왜 내게 전화를?

"일단 받아봐요."

매장 책임자는 보류음이 흐르는 전화기를 가리켰다. 나는 수화기를 들어 보류를 해제하고 여보세요, 한 뒤 상대의 반응을 살폈다.

수화기에서 "아드님이 도둑질을 하다 잡혔습니다" 하고 모르는 남자의 목소리가 들렸다. 무슨 소리인지, 어떤 상황인지 바로 이해가 되지 않아 물어보았다.

"어, 이거 무슨 보이스피싱 같은 건가요?"

"아니요. 돈을 입금하라는 말씀은 안 드릴 테니 일단 이쪽으로 와주시겠습니까? 보호자 없이는 저희도 대응하기가 곤란해서요."

'설마' 싶은 기분과 '결국' 하는 마음이 머릿속을 맴돌았다. 나는 수화기를 내려놓고 매장 책임자에게 사정을 설명했다.

"야단났군……." 매장 책임자는 날 동정하면서 바로 조퇴를 허가해 주었다.

집이 가난해서 나도 중학생 때는 뻔질나게 좀도둑질을 했다. 하지만 걸린 적은 한 번도 없었다. 좀도둑질 정도로 붙잡히다니 얼마나 요령이 없는 거냐, 아들아. 아니면 요즘은 옛날에 비해 경비원의 수준이 높아진 걸까.

한 시간 하고 조금 후, 나는 야스코에 도착했다. 아들은 문구 매장에서 붙잡혔다고 한다. 문구 매장 점원에게 사정을 설명하고 점원을 따라 사무실로 향했다. 사무실에 들어가자 아들은 의자에 삐뚜름히 걸터앉아 아래턱을 내민 채 위협하듯 주변 어른들을 노려보고 있었다.

"얘가, 이게 무슨 짓이니?"

불손한 아들의 태도에 분노가 왈칵 치밀어 나는 떨리는 목소리로 물었다. 도난품으로 보이는 책상 위의 물건은 이력서였다.

아들은 아무 말도 없이 고개를 휙 돌려 나를 외면했다.

"무슨 짓이냐니까? 돈이 없었어? 네가 도둑질하는 바람에 엄마가 조퇴해야 했다는 거 알아? 그만큼 수입이 준다는 것도?"

아들은 역시 아무 대답도 없었다.

"한 시간 900엔에 네 시간 일찍 나왔으니까 3,600엔이 날아갔어. 그 돈 어떻게 할 거야, 응?"

"더럽게 시끄럽네, 거지 같은 아줌마가."

그 한마디에 뭔가가 뚝 끊어졌다. 나는 왼손으로 아들의 뒷덜미를 잡고 꽉 움켜쥔 오른 주먹으로 뺨을 힘껏 후려갈겼다. 아들은 신기하리만치 엄청난 기세로 벽 앞에 처박혔다.

"어, 어머님, 진정하세요."

아들 옆에 앉아 있던 남자가 허겁지겁 일어나 뒤에서 내 겨드랑이 밑으로 팔을 넣어 말렸다.

"지금 진정하게 생겼어요! 아저씨 아들 같으면 어떻게 하겠어요? 엄마는 뼛골 빠지게 일하고 있는데 도둑질도 모자라 거지 같은 아줌마라고 부르다니, 아저씨 같으면 진정할 수 있겠냐고요!"

"아드님도 집에 뭔가 불만이 있었겠죠. 어머님도 일하시는 모양이니 외로웠던 거 아니겠습니까?"

싸구려 위선으로 포장된 남자의 말이 더욱 신경을 자극했다.

"내가 없어서 외로우면 망할 너희 아빠한테 불평해라, 이 멍청아! 그 인간이 더 많이 벌어오면 나도 그깟 일 안 나가도 돼!"

"그런 사정까지는 저희도 모르고요!"

"그럼 입 다물고 있던가!"

나는 남자의 팔을 뿌리치고 벽 앞에서 웅크린 자세로 머리를 감싸 안고 있는 아들의 멱살을 잡았다.

"야, 이 이력서는 뭐야?"

"……."

"고등학교 안 가고 일할 생각이었어?"

"……."

아들은 한사코 이쪽을 보려 하지 않았다. 나는 두어 번 심호흡을 한 후 멱살을 고쳐 잡았다.

"잘 들어, 이 한심한 놈아. 그냥 돈이 없어서 그러는 거라면 나한테 말해. 어떻게든 줄 테니까. 하지만 외로우니 뭐니 그딴 시시한 이유라면 참아. 그런 집에 태어났으니까 단념하고 네 불운을 받아들여. 도둑질한 이력서를 써서 넣어본들 회사는 절대 채용해 주지 않는다고."

"외, 외롭기는 개뿔. 아줌마가 무슨 헛소리래."

"그럼 일하는 사람을 이런 일로 불러내지 마!"

이번에는 주먹이 아니라 손바닥으로 따귀를 갈겼다. 아들은 아픈 듯 잠시 인상을 찡그렸다가 예상치도 못한 표정을 지었다. 콧물을 흘리며 울음을 터뜨린 것이다. 이 모습에 다른 남자 두 명도 말문이 막힌 듯 조용해졌다.

"내가 어떻게 되든 신경도 안 쓸 거면서."

"……뭐라고?"

나도 모르게 멱살을 쥐고 있던 손에서 힘이 빠졌다.

"나 같은 거 없어도 그만이지? 어차피 원치도 않은 아이가 생겨서 결혼한 거잖아?"

"……."

드라마나 만화에서는 이런 장면에서 부모가 미안하다고 사과하며 아이를 안아주는 경우가 많다. 아들도 아마 마음속 깊은 곳에서는 그런 걸 바라겠지.

하지만 지금 드라마 같은 상황에 직면한 나로서는 도저히 그런 행동을 취할 수 없었다. 아들 말이 진실이니까. 그리 좋아하지도 않는 남자와 속도위반으로 결혼했고, 원치도 않은 아이였고, 그의 말마따나 아들이라는 존재 자체는 내 관심사와 거리가 멀었다. 그 결과 내 입에서 나온 말은 "어리광 부리지 마"였다.

그 말을 듣고 아들이 울음을 뚝 그쳤다.

"부모한테 사랑받고 싶으면 노력해. 네 말대로 딱히 널 원해서 낳은 게 아니야. 하지만 그런 애가 어디 너 하나뿐인 줄 아니? 나도 그랬어. 그런 핸디캡이 있는 아이는 부모한테 무조건적인 사랑을 받을 수는 없다고. 그러니까 사랑받고 싶으면 네 힘으로 사랑받을 수 있도록 노력해."

"아줌마……, 당신 최악이야."

"네 엄마인데 어련하겠니."

아들은 피가 섞인 침을 퉤 뱉고 비틀비틀 일어나더니 호주머니에서 100엔 동전 두 개를 꺼내 책상 위에 내팽개쳤다. 그리고 놓여 있던 이력서를 가방에 넣었다. 나는 몇 번이고 고개를 숙이며 사과하고 어마어마한 팔자걸음으로 어깨를 흔들며 걸어가는 아들을 뒤따라갔다.

늘 멍청하다고 생각은 했었지만 이 정도로 멍청할 줄은 몰랐다.

집에 돌아와 남자용 우산을 들고 아들을 꿇어앉힌 후, 왜 이력서를 훔쳤느냐고 다시 캐물었다. 아들은 30분쯤 입을 꾹 다문 채 대답을 거부했지만 우산 끄트머리를 울대뼈에 들이대자 드디어 자백했다.

"디셈버스 오디션을 보려고."

나도 모르게 말문이 턱 막혔고, 비유가 아니라 물리적으로 벌어진 입이 다물어지지 않았다. 아들은 호주머니에서 핫치의 사진을 꺼내 내 앞에 들이댔다. 순간 얼굴에서 핏기가 싹 가셨다.

"이걸 어디서!"

"돈 찾다가 발견했어. 부엌 서랍에 이 자식 사진만 모아놓은 앨범이 있던데."

아아⋯⋯. 머리가 지끈지끈 아팠다. 사진 오른쪽 아래에 공식 사진의 증거인 'December's'라는 글씨가 들어가 있어 발뺌도 할 수 없었다. 나는 아들 손에서 사진을 낚아채 호주머니에 넣었다. 아들은 반항기 어린 얼굴을 옆으로 홱 돌리고 말했다.

"내가 디셈버스에 들어가면 아줌마가 기뻐할 것 같아서."

"꿈도 크다. 그 얼굴로 거길 어떻게 들어가냐."

"시끄러. 해보지도 않고 어떻게 알아. 아들의 꿈을 짓밟지 마!"

"꿈에도 정도가 있는 거야! 거울을 봐! 현실을 직시하라고!"

그런 대화를 나눈 후, 심경에 무슨 변화가 생겼는지는 모르지만 아들은 하루에 30분씩 공부를 시작했다.

"즐겁겠는데."

사쿠라이 씨는 그렇게 말했다. 며칠 후 근무를 일찍 마치는 날, 사쿠라이 씨가 마침 내 쪽에서 계산하면서 괜찮으면 차라도 한 잔 마시고 가라고 제안했다.

"즐겁기는 뭐가. 사쿠라이 씨는 아이가 없으니까 그렇게 태평한 소리가 나오는 거야."

흰색 가죽 소파에는 동남아시아풍의 천이 덮여 있었고 집 안에는 전체적으로 가을 분위기가 풍겼다. 랍상소우총인가 뭔가 하는 신기한 냄새가 나는 홍차를 마시며 나는 며칠 전에 있었던 비극을 이야기했다.

"정말 골 아팠다니까. 아이가 없는 사람은 몰라."

"그렇겠지. 만약 내게 아이가 생겨도 그렇게는 안 클 테고."

"나왔다, 부르주아의 우월감. 빨리 곱상하게 생긴 아들을 낳아서 디셈버스에 넣어."

"못 낳아."

"응?"

"우리 집은 남성 불임이거든. 내가 바람피워서 남의 씨를 받아오지 않는 한 아이는 못 낳아."

지뢰를 밟아버린 기분이었다. 내가 잠자코 있으니 사쿠라이 씨가 복잡한 웃음을 띠며 말했다.

"그런 표정 짓지 마. 동정받는 게 제일 싫으니까. 그리고 이미 마음도 정리했어."

돈과 미모가 있어도 이룰 수 없는 일. 나는 사쿠라이 씨의 아름다운 얼굴을 바라보며 다시금 생각했다.

나는 핫치라는 꿈같은 아들을 내 것으로 삼을 수 없다. 사쿠라이 씨도 분명 마찬가지다. 사쿠라이 씨는 콘서트 내내 미라잉만 바라보았다. 가끔 눈물을 흘리기도 했다. 눈부신 미소를 관객 모두에게 흩뿌리는 미라잉은 사쿠라이 씨뿐만 아니라 그 누구도 차지할 수 없다. 덧붙여 사쿠라이 씨는 아무리 원해도 아이를 가질 수 없다. 만약 정말로 아이를 원한다면 분명 지금까지 수없이 울었으리라. 하지만 곧 사쿠라이 씨의 한마디가 거실에 흐르기 시작한 숙연한 분위기를 박살냈다.

"아, 그러고 보니 자기네 슈퍼에서 파는 반찬, 맛없더라."

"몰라, 반찬 매장 사람한테 따져. 그리고 전업주부라면 알아서 만들어!"

"에이, 요리하면 손톱이 상하는걸."

에라, 이 빌어먹을 부르주아야.

그렇게 욕하고 싶었지만 꿀꺽 삼켰다. 이 사람이 조금 마음에 드는 것 같아서.

나는 지난번처럼 두 시간쯤 머문 후에 집으로 향하는 전철을 탔다. 에도가와강을 건너면 지바다. 분명 내가 평생 살아갈 그 지역은 이미 밤빛으로 뒤덮였고, 지저분한 전철 창문으로 보이는 밤하늘은 한없이 넓었다.

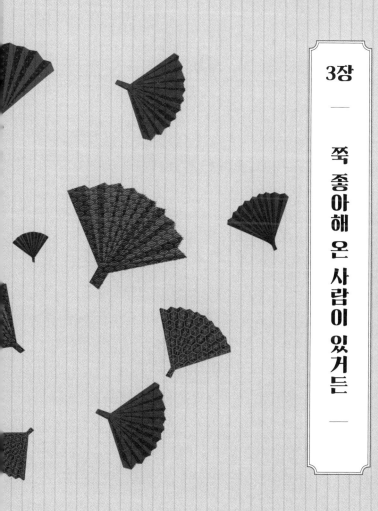

3장

—

쪽 좋아해 온 사람이 있거든

—

남자에겐 돈, 권력, 다정함, 그리고 약간 잘생긴 얼굴이 있으면 그에 상응하는 여자를 만날 수 있다. 우리 아버지는 돈, 권력, 다정함, 그리고 약간 잘생긴 얼굴을 소유하고 있었기에 우리 어머니도 아름답고 상냥하고 현명한 데다 가정적이었다. 게다가 노래와 춤도 수준급이었다. 그런 부모님 밑에서 자란 나는 세간에서 보기에 '돈에 환장한 악랄한 미인' 같은 부류에 포함됐다. 다만 '돈에 환장한'이라는 말의 의미가 달랐다.

　남자의 돈에 환장한 게 아니다. 나는 내가 버는 돈에 환장한다. 그리고 '악랄하다'는 점도 세간에서 보는 의미와는 다른 것 같다. 나는 남에게 흥미를 가진 적이 없으므로 악랄한 태도를 취할 길이 없다. 누구에게도 심술을 부리거나 애정을 품지 않는다. 누구에게나 그저 동등하게, 허울뿐인 태도밖에 취하지 못한다.

남자가 구애해도 웃으며 전부 거절한다. 흥미가 없으니까. 여자가 우정을 원해도 딱히 친하게 지내고 싶은 마음이 없기 때문에 표면상으로는 가까이 지내는 척하지만 그런 건 키우지 않는다.

이 사람이라면 친해져도 괜찮겠다, 싶은 여자가 전 직장에 딱 한 명 있었다. 하지만 나처럼 남에게 흥미가 없는 사람이었다. 내가 뭔가 제안해도 모조리 거절하며 친해질 여지를 전혀 주지 않다가 결혼해서 지금은 전업주부가 됐다. 직장인으로서 아주 우수한 인재였기에 지금도 그건 아쉽다.

세상 사람들은 내게 '왜 결혼을 안 하느냐'고 묻는다. 그리고 똑같은 빈도로 '왜 일하느냐'고 묻는다. 우리 부모님은 도쿄 도의 고액 세납자에 속하고, 평생 빨아먹어도 다 못 빨아먹을 만큼 등골이 굵다. 왜 결혼하지 않느냐는 물음에는 "쭉 좋아해온 사람이 있으니까"라고 대답한다.

"스미타니 씨 정도 되는 사람도 짝사랑을 하는군요."

나조차 손이 닿지 않는 사람이니까.

실제로 내 손에 들어오지 않는 것은 없다. 부모님의 이름을 꺼내면 어떤 곳에도 드나들 수 있고, 무엇이든 손에 넣을 수 있다. 하지만 부모님 이름을 빌리는 건 부모님이 바라는 상대와의 결혼으로 직결되므로 나는 스물아홉 살 때 부모님과 결별했다.

결혼 따위 안 한다. 실은 이미 결혼했으니까. 정신과 몸이 일체라면 이미 결혼한 지 11년째인걸.

"요즘 시대에는 비혼도 선택지 중 하나죠."

'울트라 멀티 크리에이터'라고 적힌 명함을 건넨 남자는 내 왼손에 반지가 없는 걸 확인한 후 무슨 마음인지 안다는 표정으로 말했다. 장소는 연말 파티장이다. 자영업을 하다 보면 다양한 인맥이 생기는데, 나 같은 여자는 거래처를 경유해 빈번하게 이런 모임에 초대 받는다. 내 직업이 뭔지 물어보면 답변하기가 몹시 곤란하지만 간단히 말하면 '기업이 이익을 창출하도록 조언하는 사람'이다. 콜롬비아 대학교를 졸업하고 MBA를 취득한 후 일본으로 돌아와 취직한 외자계 대형 컨설턴트에서 3년 만에 1억 엔의 자본금을 확보해 독립했다.

"저는 결혼하고 싶은데요."

내가 고개를 갸웃하며 웃음 짓자 남자는 의외라는 표정으로 물었다.

"당신 같은 사람도 결혼에 흥미가 있습니까?"

"그럼요. 정말 좋아하는 사람과 법적으로 맺어져 평생 함께 지낼 수 있다니, 꿈같은 일이잖아요."

내 대답에 남자는 어쩐지 어린아이를 보는 듯한 눈빛으로 웃더니 말했다.

"아무리 열혈 사업가라도 역시 천성은 여자네요."

남자의 말에 우후후 웃자 그는 만족스러운 듯 고개를 끄덕였다.

파티장은 롯폰기에 있는 회원제 레스토랑이다. 돈을 아주 좋아하지만 그게 표면에는 드러나지 않을 만큼 낯가죽이 두꺼운 사람들이 '돈을 위해서가 아닙니다'라는 표정으로 돈벌이를 위해 남과 서글서글하게 교류한다. 싫지는 않다. 하지만 가끔 이런 자리에서 앞뒤를 못 가리는 남자도 있다. 내 일에 '멀티 크리에이터'라는 인종은 필요 없다.

이딴 인간을 누가 초대했냐고 속으로 약간 짜증을 내면서도 웃는 얼굴로 상대하고 있자니 앞쪽에서 익숙한 여자 목소리가 날아들었다.

"미야비 짱!"

"아, 미나토 씨, 오셨군요."

내 고객인 피부 미용실 경영자였다. 나이는 나보다 다섯 살 위로, 연간 매출액이 상당하다. 내게도 국물이 제법 많이 떨어진다. 미나토 씨는 내 앞에 선 남자를 힐끗 훑어보고 생글거리며 물었다.

"누구셔? 미야비 짱이 아는 분? 소개해 줄래?"

"방금 뵌 분인데, 직업이 어려워서 저는 잘 모르겠더라고요."

이 남자는 당신에게 이익을 안겨줄 수 없다.

미나토 씨는 내 말에 그런 의미가 담겼음을 재빨리 이해하고 아주 환하게 웃으며 남자에게 살짝 인사한 후 내 손을 잡고 벽 쪽으로 향했다.

"뭐하는 사람이야?"

"'울트라 멀티 크리에이터'래요."

"아아. 제인 버킨 같은 여자가 좋다고 떠들다가 결국 겨된장 같이 수수한 여자와 결혼하고 나서 '바람피우는 것도 능력'이니 뭐니 곰팡내 나는 소리를 떠드는 늦깎이 동정남 같은 타입이네. 연상녀와 놀아나는 게 일종의 훈장(웃음)이라고 착각하는. 그러다 노후에 겨된장한테 이혼 서류를 받는 거지. 근데 왜 미야비 짱한테 말을 걸었을까?"

크리에이터 직종의 남자한테 원한이라도 있는 걸까.

"저야 모든 종류의 남자에게 인기가 많으니까요."

사실이라 해도 야유를 받을 것 같아 웃으면서 대답했다.

"다른 여자가 그렇게 말했으면 한 대 쥐어박고 싶겠지만, 미야비 짱이 그러니까 설득력 있네."

미나토 씨는 그렇게 말한 뒤 손끝으로 내 뺨을 쓰다듬었다.

"특별히 관리도 안 하는데 어떻게 피부가 이렇게 고울까."

그건 타고난 재능이다. 나는 늘 내가 소속된 사회에서 미모로도 학력으로도 정상을 차지하는 여자였다. 지금도 그건 변함없다. 단 하나만을 제외하고.

새해가 밝고 1월 하순이 됐다. 나는 혼자뿐인 사무실에서 일찌감치 일을 끝내고 거래처에 두 달간 업무를 쉰다는 내용의 메일을 보냈다. 늘 이렇다는 걸 잘 알기에 거래처에서는 아무 불평도 하지 않았다. 다만 이번에는 제법 길다는 반응이 왔다.

나는 신용카드 컨시어지 서비스에 전화를 걸었다. 홍콩, 대만, 한국의 모든 호텔이 예약됐고 항공권이 후쿠오카 호텔에 준비됐음을 확인한 후 사무실에서 나와 여행 준비에 들어갔다. 여행지는 홋카이도를 시작으로 센다이, 요코하마, 나고야, 고베, 후쿠오카, 그리고 홍콩, 대만, 한국을 돌아 도쿄로 돌아온다.

디셈버스 소속의 아이돌 그룹 'INAZUMA'가 세 번째 앨범 'INAZUMA † JESUS'를 내걸고 펼치는 첫 아시아 투어다. 아시아 투어에 스노우화이트가 백댄서로 동행한다고 발표된 그날, 나는 컨시어지 서비스를 통해 모든 일정의 표를 확보했다. 짐을 다 싸고 침실로 가서 방을 둘러보았다. 그리고 사방에서 나를 바라보는 사랑스러운 얼굴에 미소를 지으며 말했다.

"또 만나겠구나, 지카 짱."

나조차 손이 닿지 않는 사람. 지카 짱 때문에 나는 결혼과 이성 교제를 거부해 왔다.

진짜 좋아하는 내 지카 짱, 다카야나기 지카라. 잡지 스크랩과 오피셜 굿즈인 포스터로 가득한 벽면에서 지카 짱이 활짝 웃으며 나를 바라보았다. 최근 포스터를 보면 정말 많이 컸구나 싶어 감개가 무량하다.

그를 처음 만난 건 11년 전이다. 내가 스물네 살의 나이로 일본에 돌아왔을 때, 지카 짱은 열한 살이었다. 부모님 집에 살던 내가 근처에 물건을 사러 나갔을 때 니시아자부의 교차로 근처에서 길을 잃어버린 지카 짱이 다 죽어가는 표정으로 내게 말을 걸었다.

"로, 롯폰기 사진관은 어디 있어요?"

몹시 불안했는지 눈물에 젖은 소년의 커다란 눈망울이 만화에서처럼 빙글빙글 돌아가는 듯했다. 재패니즈 친 같은 종류의 중국 강아지 비슷한 느낌이었다.

"무슨 일이니, 길을 잃었어? 엄마는?"

"첫 잡지 촬영인데 어딘지 모르겠어요!"

으앙, 하고 우는 소년을 보자 나는 나잇값도 못하고 가슴이 두근거렸다. 자세히 보니 아주 사랑스럽게 생겨서 그제야 '잡지 촬영'이라는 말이 이해가 갔다. 아마 누군가의 아역이겠지.

"그럼 누나랑 같이 가자. 여기서 금방이야."

별다른 일정도 없었던 터라 소년의 작은 손을 잡고 롯폰기 교차로 안쪽에 위치한 사진관에 데려다주었다. 어머니가 은퇴 후에도 때때로 잡지 취재를 받을 때 가끔 같이 와봐서 다행이었다. 사진관 입구에 도착한 순간, 소년은 눈물을 뚝 그치고 내게 놀랄 만큼 화사한 웃음을 지었다.

"고마워요, 누나. 어느 기획사 모델이에요?"

"누나는 연예인 아니야. 너, 이름은 뭐니?"

"지카라. 다카야나기 지카라. 얼마 전에 디셈버스에 들어갔어요."

아아, 하고 나는 순식간에 그의 신원을 파악했다. 남자 연예인을 양산하는 연예 기획사 디셈버스에는 초등학생도 많이 소속되어 있었다.

"다음 달에 〈남작〉이라는 잡지에 나오니까 꼭 봐요!"

그렇게 말한 후 소년은 내게 손을 흔들고 사진관 안으로 뛰어들어갔다. 작은 등에 천사의 날개가 달려 있는 것처럼 보였다.

작은 날개가 달린 것처럼 보이는 소년과의 만남. 그 정도의 사소한 해프닝으로 끝날 줄 알았건만, 다음 달 서점에서 문득 생각이 나 아이돌 잡지 〈남작〉을 훑어보았다. 그리고 길을 잃고 헤매던 그 소년이 작게 실린 걸 보고 왠지 모르게 그 잡지를 구입하고 말았다.

'다카야나기 지카라. 취미는 복근 단련이고 특기는 백 덤블링입니다! 모두들 응원 부탁해요!'

웃통을 벗은 사진. 평범한 초등학생에게서는 찾아볼 수 없는 뚜렷한 식스팩이 아름다웠다.

나는 매달 잡지를 구입하게 됐고 잡지에 나오는 정보를 보고 디셈버스의 이벤트 등에도 참가했다. 1년이 지나서야 이건 사랑임을 자각했다. 만난 지 5년 후, 열여섯 살이 된 소년은 스노우화이트라는 백댄서 그룹의 멤버로 발탁됐다. 간다 미라이, 오후나 마슈, 사쓰키 질베르, 그리고 지카 짱. 눈처럼 피부가 뽀얀 소년만을 모은, 당시는 4인조 그룹이었다.

이 무렵, 그들의 콘서트와 무대 퇴근길을 기다리는 사람들이 서른 명을 넘어섰다. 지카 짱 사랑해, 라는 귀여운 손 편지를 움켜쥔 여자애들 사이에 나도 매번 손 편지를 들고 줄을 섰다.

지카 짱이 스노우화이트에 소속된 후 처음으로 데이코쿠 극장에서 공연이 있던 날, 팬들 앞을 우연히 지나가던 아버지에게 들켜 불호령이 떨어졌다. 그 후로 자꾸 억지로 맞선을 시키며 결혼을 강요해서 부모님과 결별했다.

"이것아, 너도 벌써 서른이다 서른! 알기는 알아?"

"알아요. 하지만 아버지, 지카 짱 말고 다른 남자와 결혼하느니 죽는 게 낫겠어요."

그로부터 5년간 나는 수백 명의 지카 짱에게 둘러싸여 혼자뿐인 방에서 행복한 결혼 생활을 보내고 있다.

부모님과 연을 끊지 않았다면 지카 짱과 친분을 맺기는 어렵지 않았을 것이다. 어머니는 다카라즈카(여성으로만 이루어진 일본의 뮤지컬 극단. 남자 역할도 여자가 맡는다 – 옮긴이 주)의 여성 배역 출신이고 아버지는 여섯 기업의 오너다. 그래서 인맥이 연예계를 쌈싸먹을 정도로 넓었다. 부모님이 원하는 남자와 결혼해 '디셈버스를 좋아한다'고 말한다면 분명 안면을 틀 수 있었다.

어느 쪽이 좋았을까, 하고 가끔 생각한다.

나는 줄곧 1등 인생을 살아왔다. 부모님의 반대를 무릅쓰고 유학 간 대학에서도 수석이었다. 개인 사업을 하는 동업자들 사이에서 실적이 제일 좋은 것도 나다. 다만 지금도 1등이 되지 못한 것이 하나 있다.

나는 지카 짱 '빠'들의 정점에 서지 못했다.

아이돌 팬, 특히 공들여 팬 활동에 매진하는 사람들을 '빠'라고 부르는 이 바닥에서는, '연예인이 기획사에 소속된 당초부터 찜해서 첫 번째로 팬이 된 사람'이 실질적인 여왕의 지위에 군림하며 빠들을 통솔한다.

나보다 먼저 지카 짱을 찜한 여자가 두 명 있다. 지카 짱의 출근길과 퇴근길에서는 항상 그녀들이 빠들을 지휘해 정렬시키고, 편지를 모아 지카 짱에게 전달한다. 지카 짱과 직접 이야기를 나눌 수 있는 사람은 실질적으로 이 둘뿐이다.

지카 짱을 제일 좋아하는 건 나인데.

늘 그렇게 생각하며 얇은 편지를 둘 중 한 명에게 준다. 나도 팬 역사가 길다 보니 그녀들도 내 얼굴은 기억하고 있을 것이다. 하지만 절대 나와 교류는 하지 않는다. 반쯤은 오기가 아닐까 싶다.

그래서 나는 내 손으로 일궈낸 재력에 의존한다. 해외든 어디든 모든 콘서트와 공연을 보러 가고, 시간과 체력이 허락하는 한 출근길과 퇴근길을 기다리고, 공식 사진과 굿즈는 전부 '보존용'과 '관상용'으로 두 개씩 구입한다.

한 달간 홋카이도에서 후쿠오카까지 국내 투어를 따라다니고 2월 말에 홍콩 카오룽의 샹그릴라에 체크인 하려는데 옆에서 어쩐지 익숙한 목소리가 들렸다. 나는 자연스레 그쪽으로 시선을 돌렸다. 가발인가 싶을 만큼 머리를 예쁘게 틀어 올린 여자가 프런트에서 신용카드와 방 키를 받고 있었다.

"……유야마 씨?"

무심코 여자를 불렀다. 이쪽으로 고개를 돌린 여자는 2초쯤 후에 노골적으로 싫은 티를 내며 "오랜만이네요" 하고 말했다.

컨설턴트에서 일하던 시절 내 부하였고, 살면서 '이 사람이라면 친해져도 괜찮겠다'고 느낀 유일한 여자다. 이런 곳에서 재회하다니, 나는 기뻐서 그녀에게 물었다.

"웬일이야? 출장?"

"아니요. 저는 현재 전업주부니까요."

"어머, 그럼 남편과 같이?"

"그건 아니고요. 저어, 제가 좀 급해서요. 그럼 안녕히 계세요."

그렇게 말하고 물러갈 때 그녀는 내가 지갑에서 꺼낸 신용카드를 힐끗 보았다.

"역시 센트리온이군요……."

"어? 아아, 응."

같은 회사의 신용카드지만 그녀의 카드는 은색이고, 내 카드는 검은색이다.

"그리고 저, 결혼해서 성이 사쿠라이로 바뀌었어요."

도발적으로도 보이는 그녀의 시선에 나는 약간 당황했다. 하지만 그녀가 벨보이와 함께 가고 나자 금방 잊어버렸다. 내일은 카이텍 스타홀에서 지카 짱을 만날 수 있다. 전 동료의 존재는 바로 기억에서 지워질 터였다.

하지만 다음날, 이 인구 밀도 높은 이국의 섬에서 우리는 운명이 아닐까 싶은 확률의 재회를 이루었다.

"어, 유야마 씨, 가 아니라 사쿠라이 씨."

"……미야비 씨."

표에 기재된 좌석에 간신히 늦지 않게 앉았다. 바로 그 옆자리가 그녀였다. "아뿔싸"라는 말을 지금도 사용하는 사람이 있는지는 모르겠지만, 그녀는 딱 그런 표정으로 나를 보았다. 그리고 체념한 듯 "안녕하세요"라고 인사했다.

"어, 원정을 나올 만큼 INAZUMA 팬이었어? 유야마 씨, 가 아니라 사쿠라이 씨."

나는 그녀가 가지고 있던 부채 다섯 개를 빼앗아서 글씨를 확인했다. 생각지도 못한 글씨가 눈에 뛰어들었다.

'간', '다', '미', '라', '이'

"……응?"

사쿠라이 씨는 입술을 깨물고 고개를 숙였다. 그리고 "최악이야" 하고 중얼거렸다. 반대로 나는 아주 기뻐서 그녀의 팔을 잡고 흔들었다.

"와, 미라잉을 좋아해? 정말로?"

하지만 사쿠라이 씨는 짜증난다는 듯 내 손을 뿌리치고 언성을 높였다.

"그만해요. 정말이지 왜 옛날부터……."

그녀의 말은 스피커에서 울려 퍼진 커다란 소리에 묻혔다. 나는 재빨리 가방에서 부채를 꺼내 높이 쳐들고 외쳤다.

"지카 짜~~~~~~~앙!!"

지카 짱. 난 여기 있어. 빨리 알아봐 줘. 내 천사.

옆에서 사쿠라이 씨가 믿기지 않는다는 표정으로 나를 바라보았지만, 나는 그런 줄 전혀 몰랐다.

"난 당신이 싫어요. 두 번 다시 보기 싫었는데."

레스토랑 안젤리니의 빅토리아만이 보이는 자리에 마주 앉자 사쿠라이 씨는 그렇게 말했다. 만 저편에서 홍콩 섬의 마천루가 빛났다.

"어, 왜?"

나는 약간 상처 입은 기분으로 물었다.

"아무리 노력해도 절대로 당신을 이길 수 없었으니까요."

"당연하지. 난 어떤 분야에서도 남에게 져본 적 없는걸."

"그런 말투, 정말 불편하네요."

"그럼 이럴 때 '무슨 소리야, 너도 대단한걸' 하고 치켜세우면 기쁠까? 나 같으면 분명 화날 거야."

"뭐, 그야 그렇지만."

부루퉁한 얼굴로 레드 와인을 마시는 사쿠라이 씨는 일하던 때보다 훨씬 예뻐졌다. 이게 유부녀의 여유일까.

"난 거기서 유일하게 친해져도 괜찮겠다 싶었던 사람이 사쿠라이 씨였는데."

"알아요, 그래서 더 싫었고요. 해외 유학까지 다녀온 엘리트면서 눈치는 어디 팔아먹었어요? 미국 대학에는 분위기 읽는 법을 가르치는 강의가 없나 보죠?"

"일본 대학에는 그런 게 있어?"

"없어요. 휴, 정말 바보 아니에요, 미야비 씨?"

미움받는다는 걸 알고도 그렇게 기분이 나쁘지는 않았다. 오히려 조금 웃겨서 웃음이 나왔다.

"뭐가 그렇게 우스운데요?"

"그게, 결국 우리는 동병상련할 수 있는 처지구나 싶어서."

"……."

"아까 그 말, 거짓말이야. 나도 어떤 분야에서 절대로 이기지 못하는 상대가 있어."

"어느 분야의 누군데요?"

사쿠라이 씨의 눈이 희미하게 빛났다.

"지카 짱의 일등 빠. 두 명인데, 날 끼워줄 생각이 전혀 없나 봐."

내 대답에 사쿠라이 씨는 약간 놀란 표정이었지만, 잠시 후 다시 물었다.

"……빠 활동을 하는 거예요, 미야비 씨?"

"응. 그러려고 독립했는걸."

지카 짱과 만난 지 2년째, 그가 텔레비전 방송 일로 처음 하와이에 가서 사흘간 머무른다는 정보를 입수했지만 남미 출장 일정이 딱 겹쳐서 쫓아갈 수 없었다. 너무 억울해서 진심으로 펑펑 울고 독립을 결심했다. 결심한 지 1년 후, 나는 말 그대로 독립했다.

"독립한 이유가 그거였어요?"

내 이야기를 듣고 사쿠라이 씨가 웬일로 눈을 동그랗게 뜨고 물었다.

"응."

"나 같은 사람은 이런 회사에 어울리지 않는다거나 그런 이유가 아니라?"

"그건 또 무슨 편견이람. 가능하면 나도 회사에 찰싹 달라붙어 있고 싶었어. 어차피 10년만 버티면 임원이 될 수 있었을 테니까."

대박, 완전 깬다, 하고 사쿠라이 씨가 젊은 애들 같이 중얼거렸다. 그리고 고개를 숙인 채 어깨를 떨었다.

"뭐가 우스워?"

"아니요, 그 자유분방하고 도도한 느낌이 성질나서요."

사쿠라이 씨는 소리 높여 웃은 후 잔에 담긴 음료를 들이켜고 일어섰다.

 "어머, 한잔 더 하지?"

 "아니요. 내일 낮 공연도 있으니 이만 잘래요. 미라잉에게 꼴사나운 얼굴 보이기 싫거든요."

 잘 먹었다고 말한 뒤 사쿠라이 씨는 출구 쪽으로 걸어갔다.

 대만과 한국에는 가지 않는다기에 나는 다음날 사쿠라이 씨와 연락처를 교환하고 호텔에서 헤어졌다. 모든 공연을 관람하고 사쿠라이 씨보다 2주일 늦게 일본에 귀국해 약 두 달 만에 사무실로 돌아왔다. 갖고 싶은 옷도 샀고, 한국에서 스파 프로그램 72시간 코스까지 받아서 이번 여행은 참 보람찼다. 지카짱은 몇 번이나 내게 손을 흔들어 준 데다 손 키스까지 날려주었다. 생각만 해도 몸이 녹아내릴 것만 같았다.

 언젠가 같은 잡지에 실리면 그는 내가 누구인지 알아차릴까.

 관리인에게 받은 우편물 두 박스를 바닥에 탁 내려놓고 구독 중인 잡지 스무 종류를 차례대로 개봉했다. 그런 꿈을 꾼 지 벌써 몇 년째지만, 나를 취재하는 매체는 독립심 강한 여성을 주 소비층으로 삼는 잡지나 경제지, 또는 기업 오너를 대상으로 한 (통신 판매로만 구독할 수 있는 타입의 잡지)뿐이라 지카 짱이 거기에 실릴 것 같지는 않다.

세 시간에 걸쳐 우편물을 정리하고 책상으로 향했다. 메일이니 뭐니 잔뜩 쌓여 있을 거라 반쯤 긴장하며 업무용 컴퓨터를 켰다.

"……엥?"

메일함에 들어가 수신메일 제목과 미리보기를 쭉 훑어보다 무심코 놀란 목소리가 나왔다.

'당신과 계약을 갱신하지 않겠다'는 내용의 메일이 와 있었던 것이다. 현재 내 고객은 크고 작은 곳을 합쳐 100군데쯤 된다. 그중 열 개 회사가 같은 시기에 계약 해지를 통보했다.

……어떻게 된 거지.

마음속에 암운이 번져갔다. 솔직히 더 이상 일하지 않아도 평생 먹고살 만한 돈은 벌어놨다. 그러니 열 군데가 계약을 해지해도 그렇게 큰 타격은 없다. 하지만 무슨 이유, 그것도 나쁜 이유로 그들이 계약 해지를 통보했다면 다른 아흔 곳에 적잖은 피해를 끼칠 가능성이 있었다.

계약을 해지하겠다는 메일을 모조리 열어서 샅샅이 읽어보았지만, 어디에도 명확한 이유는 적혀 있지 않았다. 하지만 공통점은 있었다. 나와 계약한 인물, 즉 오너가 전부 남자였다. 미나토 씨를 비롯해 내 고객 중에는 여자가 많다. 하지만 분모에서 큰 지분을 차지할 여자 오너의 기업에서는 메일이 한 통도 오지 않았다.

나는 마음을 단단히 먹고 미나토 씨에게 전화를 걸었다. 손바닥에 땀이 배었다.

"어머, 미야비 짱. 힐링은 잘 했어?"

전화를 받은 미나토 씨는 김이 샐 만큼 경쾌한 목소리로 물었다.

"네, 덕분에요. 오랫동안 자리를 비워서 죄송합니다."

"에이, 뭘 그런 거 가지고. 여자라면 누구나 젊은 남자가 좋은 법이지. 듬직한 아저씨가 좋다고 촐싹대는 햇병아리들도 우리 정도 아줌마가 되면 '역시 젊은 남자가 최고'라고 할 게 뻔해. 그러니 신경 쓸 거 없어."

내가 뭐라고 묻기도 전에 미나토 씨는 너글너글하게, 하지만 어쩐지 스스로를 설득하듯 말했다.

"저어, 그거 말씀인데요."

"그런데 디셈버스의 누구야? 귀여운 애면 나한테도 알려줘야 한다? 좋은 건 같이 봐야지."

그 말에 대강 상상이 가서 어질어질 현기증이 났다.

늦은 밤이었지만 미나토 씨는 롯폰기에 있는 카페로 나와 주었다. 걸어서 3분이니까 괘념치 말라며 웃는 미나토 씨에게 일단 부탁받았던 대만 기고당의 다기 세트를 건네고 무슨 일이 있었는지 재차 물었다.

"일주일 전에 이런 괴문서가 나돌았어."

미나토 씨는 가방에서 A4지 한 장을 꺼내 테이블에 놓았다. 나는 종이를 집어서 읽어보았다.

'잡지와 신문에서 지금 화제로 떠오르고 있는 미인 재무 설계 고문, 토머슨 컨설팅의 전前 수석 컨설턴트 스미타니 미야비의 사생활을 폭로한다. 스미타니 미야비는 일을 내팽개치고 디셈버스 소속 연예인의 궁둥이를 쫓아다니는 쇼타콤(쇼타로 콤플렉스의 준말. 어린 남자아이를 성적으로 선호하는 것을 가리킨다 - 옮긴이 주) 범죄자!!'

"……뭐야 이게."

글씨 밑에는 지카 짱의 퇴근길을 기다리는 현장을 몰래 촬영한 듯 화질이 조잡한 내 사진이 인쇄되어 있었다. 주변에 같이 찍힌 여자들의 눈에는 검은 선을 넣었지만, 그 유별나기 짝이 없는 모습에서 디셈버스의 팬임이 똑똑히 드러났다.

"난 그걸 보고 안심했어. 미야비 짱도 이런 구석이 있구나 싶었거든. 역시 무슨 일을 하든 누구나 기분 전환은 필요한 법이지."

"아니, 범죄자에, 쇼타콤이라뇨. 그거 말고는 맞지만 일을 내팽개치지도 않았는걸요."

아플 만큼 심장이 쿵쿵 뛰었다. 남이 이렇게까지 명확한 악의를 드러낸 건 처음이라 뭘 어째야 좋을지 몰랐다.

"미야비 짱, 괜찮아?"

"……대체 누가 이런 짓을."

"미야비 짱, 최근에 남자 찬 적 없어? 그래서 원한 산 거 아니야?"

"그런 일은 너무 많아서 누구인지 모르겠는데요……."

넓어 보이지만 사실 이 업계는 좁다. 일을 잘해서 실적을 올리면 바로 연봉의 두 배 수준을 제시하며 헤드헌팅이 들어온다. 누가 독립하면 순식간에 그 정보가 업계 구석구석까지 알려진다. 나는 토머슨에 있을 때부터 일을 잘했다. 입사 3년 차에 비약적으로 높아진 일본 지사의 수익 중 약 절반은 내가 벌어들인 셈이나 다름없다. 보스턴의 본사로 오라는 요청을 몇 번이나 거절하며 일본에 머무르다 독립했을 때는 어떤 의미에서 업계의 톱뉴스가 됐다.

너무 눈에 띈 것이다. 실적 올리는 게 잘못이라고는 생각해본 적 없다. 하지만 여기는 일본. 모난 돌은 정 맞는다.

"너무 직설적으로 때렸잖아……."

"응? 뭐라고?"

"어, 아니요. 아무것도 아니에요. 미나토 씨. 알려주셔서 감사합니다. 그리고 죄송합니다."

"아니야. 앞으로도 일만 확실하게 해주면 되지. 만약 큰 실수가 있으면 우리도 계약을 해지하겠지만."

미나토 씨는 찻값으로 천 엔 한 장을 테이블에 내려놓고 일어섰다. 나는 자택 겸 사무실로 돌아가고 싶은 기분이 아니었기에 미나토 씨와 카페에서 헤어졌다.

나는 강하다. 지금까지 소속된 사회에서 공부, 운동, 외모로 누구에게도 져본 적 없다. 어느 정도의 악의는 이 두꺼운 얼굴 가죽으로 튕겨냈다. 그렇게 하지 않았다면 여기까지 올 수 없었다.

부러움을 사는 입장은 아마 평생 익숙해지지 않을 것이다. 내 두뇌도 미모도 전부 천부적인 재능이지, 노력의 결실은 아니다. 만약 노력한 결과라면 남들의 부러움에 기분이 좋고 기뻤을 것이다.

왜 그렇게 머리가 좋냐는 둥, 어떻게 그렇게 예쁘냐는 둥 지금까지 지긋지긋하게 들어온 질문의 답은 나도 모른다. 지카 짱을 만날 때까지 나는 그 재능을 어찌할 줄 몰랐다. 그러다 돈과 시간만 있으면 지카 짱을 보러 갈 수 있음을 알았기에 그 재능을 올바르게 사용할 길을 찾아냈다.

지카 짱과 만나기 전에 연애를 하지 않았던 건 아니고, 결혼하고 싶은 마음이 없었던 것도 아니다. 하지만 지카 짱을 만난 후로 실제로 결혼하지 않더라도 머릿속으로 결혼 생활을 할 수 있다는 걸 깨달았다. 그것도 괴로운 일 하나 없이 아주 행복한 결혼 생활을.

스스로도 이 발상은 좀 정신 나간 게 아닐까 싶어 주변에는 비밀로 했다. '디셈버스에 소속된 연예인의 빠'라는 사실을 아무에게도 밝히지 않았다. 도리어 남과 말할 때는 디셈버스의 '디'도 입 밖에 꺼내지 않았다.

나는 강하다. 고객 열 군데를 잃었을지언정 아직 아흔 군데가 남았고, 평생 편히 지낼 수 있을 만큼 돈도 벌어두었다. 그런데 왜 지금 이렇게 기분이 가라앉는 걸까. 이 질문의 답은 금방 나왔다. 내 비밀, 즉 그 괴문서 때문에 내가 디셈버스의 팬이라는 사실이 들통났다는 게 무서운 것이다.

지금까지 남들이 어떻게 생각하든 신경 쓰지 않고 살아왔지만, 지금 나는 확실히 남의 눈을 의식하고 있다. 그런 자신이 무서웠다.

테이블에 놓아둔 괴문서를 멍하니 바라보고 있는데 호주머니에서 휴대전화가 진동했다. 벌써 새벽 1시가 지났다. 이런 시간에 전화할 사람은 없었다. 의아한 기분으로 화면을 보자 요전에 번호를 교환한 사쿠라이 씨였다.

"여보세요?"

"아, 여보세요, 미야비 씨? 밤늦게 죄송해요. 본인에 대한 그 괴문서 봤어요? 꼴좋다고 놀리고 싶은 기분이지만, 가여우니까 아무 말도 안 할게요."

여기에도 노골적인 악의의 덩어리가 있는 건가. 하지만 어떤 의미에서 동지이기도 한 사쿠라이 씨의 목소리를 듣자 기분이 조금 나아졌다.

"어떻게 알았어?"

"남편 회사에도 왔거든요. 어찌나 웃기던지. 오늘, 아, 날짜로 치면 어제 귀국했죠?"

"응."

"그럼 아마 모를 테니 알려줄게요. 이거 토머슨 일본 지사의 어느 PC가 출처예요."

어, 하고 괴문서를 집어 인쇄된 전화번호를 확인했다. 국가번호는 과테말라였다.

"남편한테 부탁해서 이 PC의 팩스 로그를 받았는데, 메일 자체의 헤더 정보를 보니 여덟 개국을 경유해서 위장했더라고요. 하지만 토머슨의 기술부에 있었을 때 이 테스트 루트를 구축한 건 저예요. 아직도 사용하고 있을 줄이야, 어이가 없네."

"……알아봐 준 거야?"

"딱히 미야비 씨를 위해서는 아니고요. 전업주부라 그냥 한가해서요."

고맙다는 말이 나오는 동시에 눈물을 찔끔할 것 같았지만 간신히 참았다.

이틀 후, 나는 전업주부라 한가하니 괜찮다는 사쿠라이 씨를 데리고 약속 없이 토머슨 일본 지사를 방문했다. 한때 안내데스크의 마스코트였던(아마 지금은 마흔 살) 직원은 우리를 기억하고 있었다.

"미야비 씨, 유야마 씨! 어머나, 오랜만이에요! 미모는 여전하네요!"

"오랜만이네요. 잠깐 안에 다녀와도 될까요? 약속은 안 했는데."

"어, 괜찮을 거예요. 그런데 무슨 용건으로요?"

그녀가 내선을 연결하려고 하자 사쿠라이 씨가 "이거 줄게요" 하고 작은 디올 종이 가방을 내밀며 수화기를 든 그녀의 손을 아래로 내렸다.

"이거 받고 출입증 내주면 안 돼요?"

마스코트는 눈을 반짝이며 외부인 출입증 두 장을 우리에게 내밀었다. 우리는 출입증을 받아들고 사무 구역으로 들어갔다.

"아까 그건 뭐야? 줘도 괜찮아?"

"화장품 파우치 세트요. 시어머니 선물로 사고 남은 거예요. 미야비 씨는 이런 데까지는 생각이 안 미칠 것 같았거든요. 나중에 저녁이라도 거하게 한턱내요."

그쪽이 오히려 비싸게 먹힐 것 같았지만, 나는 순순히 감사를 표하고 사쿠라이 씨를 따라 서버실에 들어갔다. 나는 기술부에 있었던 적이 없지만, 내 부하가 되기까지 사쿠라이 씨는 기술부 소속이었다. 그녀는 벽 앞의 래크에서 두툼한 파일을 꺼내 페이지를 넘기더니 근처에 있는 콘솔에 로그인했다. 파일에는 각 서버의 로그인 아이디와 비밀번호가 담겨 있었다.

"뭘 조사하려고?"

"DHCP의 로그요. 팩스를 보낸 시간대에 어느 PC에 이 아이피가 배정됐는지 살펴보려고요."

1분쯤 지나 사쿠라이 씨는 터미널을 닫았다.

"알아냈어?"

"아직 여기 다니고 있다면 분명 오요시 씨의 PC일 거예요."

아는 이름인 것 같은데. 그는 내 선배였지만 업무 능력이 그다지 좋지 못해 딱히 관심을 두지는 않았다. 우리는 서버실을 나서서 사무 구역으로 향했다.

"어? 미야비 씨, 어쩐 일이세요?"

사무 구역에는 사람이 별로 없었고 한 명이 바로 우리를 보고 말을 걸었다. 나는 이름은 잊어버렸지만 얼굴은 기억나는 그 남사원에게 물어보았다.

"저기, 오요시 씨 있어?"

"아마 위층에 있을 텐데요. 그나저나 미야비 씨가 오요시 씨한테 무슨 볼일이세요?"

의아한 표정으로 물고 늘어지는 사원에게 내가 뭐라고 변명하기 전에 사쿠라이 씨가 고개를 갸웃하며 아주 화사한 미소를 지었다.

"알려줘서 고마워요. 일 방해해서 미안해요."

그 한마디에 사원은 단박에 표정을 풀더니 "에이, 아니에요. 무슨 말씀을" 하고 말했다. 왜 이렇게 대응에 차이가 난담.

문을 나서자마자 사쿠라이 씨는 무표정으로 되돌아왔다. 그리고 "좀 더 빠릿빠릿하게 굴어요" 하고 잔소리를 했다. 그래, 미안하게 됐다.

"그럼 저 아래 스타벅스에서 기다리고 있을 테니, 뭔가 곤란한 일 생기면 전화 줘요."

"어, 같이 안 가는 거야?"

사쿠라이 씨는 "어른이면 자기 힘으로 처리할 줄 알아야죠" 하고 차가운 말을 내뱉고는 혼자 아래로 향하는 엘리베이터에 올라탔다. 5초쯤 후 나는 위로 향하는 엘리베이터를 탔다. 그리고 다시 엘리베이터 문이 열리자 눈앞에 오요시가 서 있었다.

"······미야비 씨?!"

오랜만에 만난 놀라움 외에 또 다른 감정이 분명 얼굴에 서려 있었다. 눈이 흔들리는 것도 증거다. 이 자식이 맞구나 싶어 나는 그의 넥타이를 잡고 "잠깐 같이 가지" 하며 엘리베이터로 끌어들였다. 1층에 도착하자 나는 그를 사쿠라이 씨가 기다리는 스타벅스로 데려갔다.

사쿠라이 씨의 추측대로 범인은 오요시였다. 하지만 엄밀하게 말하자면 오요시가 아니었다.

"나도 하기 싫었지만, 스미타니 사장님이 시키셔서 어쩔 수 없이."

그는 고개를 숙여 얼마 전에 판매가 시작된 딸기 크림 프라푸치노를 후루룩 마셨다.

전혀 기억나지 않지만 내가 예전에 오요시를 찬 모양이었다. 이후에 오요시는 내 아버지가 오너로 있는 기업 중 하나를 담당하게 됐다. 어느 날 잡담 또는 우스갯소리로 옛날에 따님에게 교제를 신청했다가 호되게 차였다는 이야기를 했더니 아버지가 협박 같은 제안을 했다고 한다. 미야비에게 앙심을 먹었을 테니 앙갚음하라고. 만약 거부하면 다른 회사로 바꾸겠다고.

나는 아주 분통이 터졌지만, 사쿠라이 씨는 히죽히죽 웃으며 이야기를 들었다.

오요시를 돌려보낸 후 사쿠라이 씨는 "부잣집 딸도 고생이 많네요" 하고 여전히 히죽거리며 말했다.

"사쿠라이 씨 집도 부자잖아."

"부자라고 해봤자 저희는 땅뙈기 좀 가지고 있었던 수준인걸요. 아버지한테 그렇게 기대도 못 받았고요. 그나저나 아버지한테 왜 이렇게 미움받는 거예요?"

"미워하기는. 분명 집으로 돌아오라는 뜻이겠지."

나는 사쿠라이 씨에게 몇 년 전 부모님과 결별한 경위를 설명했다. 지카 짱밖에 좋아하지 않는데, 다른 남자와 맞선을 봐서 결혼하라고 강요한 것. 이번 일도 분명 내 사업을 망쳐서 집으로 복귀시키고, 소문이 잦아들었을 때쯤 아버지가 원하는 상대와 결혼시키려는 작전일 거라는 것. 내가 이미 30대로 꺾인 나이라 대를 이을 손자를 빨리 보고 싶을 거라는 것. 애를 낳으면 두 번 다시 디셈버스를 쫓아다니지는 못하리라는 것.

그때까지 웃음기가 감돌던 사쿠라이 씨의 표정이 디셈버스라는 말이 나온 순간 굳어졌다.

"뭐야, 너무하네요."

"아버지도 딱히 명가 출신은 아니니, 회사의 우수한 사원을 후계자로 삼으면 그만이야. 하지만 어머니 쪽이 아무래도."

"아아, ……그렇군요."

어머니는 전직 다카라젠느(다카라즈카 소속의 배우를 가리키는 말 - 옮긴이 주)였고 피가 진하지는 않지만 옛 귀족 가문 출신이다. 어머니는 자신의 출생을 전혀 신경 쓰지 않지만, '옛 귀족 가문 출신의 여성 배역 다카라젠느'와 결혼한 아버지는 그걸 어떤 의

116

미에서 성공한 남자의 증표로 자랑스럽게 여겼다. 또 '옛 귀족 가문 출신의 여성 배역 다카라젠느의 딸'인 나 역시 '옛 귀족 가문의 피를 잇는 후손'이고 아버지는 그 핏줄을 남기려 기를 쓰고 있는 것이다.

"지금까지 잘 도망쳐 왔는데……."

분노는 어느덧 슬픔으로 바뀌었다. 아버지에게 항의하려 해도, 아버지가 범인이라는 증거는 오요시의 증언뿐이고, 연을 끊은 지도 오래되다 보니 연락하기도 꺼려진다. 멍하니 천장을 올려다보고 있자니 잠시 후에 사쿠라이 씨가 어마어마한 말을 꺼냈다.

"그럼, 스미타니 미야비가 사실 레즈비언이라는 괴문서를 유포하면 되지 않을까요?"

"……엥?"

"뭐, 고객은 더 줄어들지도 모르지만 평생 먹고 살 정도는 벌어놨을 거잖아요. 죽어도 결혼하기 싫다면 그 정도의 위험은 감수해야죠."

"하지만 그런 소리를 누가 믿겠어?"

"믿을걸요. 지금까지 남자와 사귀는 낌새가 일절 없었으니까. 그리고 그 괴문서의 사진도 보기에 따라서는 다카라즈카의 퇴근길을 기다리는 것처럼 보이기도 하고요."

……확실히 옛날에 일본에 귀국해 지카 짱과 마주친 뒤로 남자와 사건 적은 없다. 그리고 보통 사람이 보기에 다카라즈카의 퇴근길을 기다리는 팬들과 디셈버즈의 퇴근길을 기다리는 팬들은 구별이 안 될 것이다.

"역시 머리 좋구나, 사쿠라이 씨."

"미야비 씨가 어울리지 않게 그런 데서 모자란 거죠."

조금이라도 쑥스러워 하면 귀여울 텐데 사쿠라이 씨는 역시 표정 변화 하나 없이 그렇게 쏘아붙이고 남은 캐러멜 모카치노를 단숨에 들이켰다.

다음날 나는 사쿠라이 씨와 협력해 그녀의 친구 마시코 씨라는, 내가 사는 세계에서는 절대로 만날 일 없을 생활 계층의 여자와 속옷 차림으로 애정 행각을 벌이는 사진을 내 사무실에서 찍었다. 사쿠라이 씨 말로는 자기랑 나는 너무 예뻐서 동성애자 커플로 현실적이지 않다고 했다. 확실히 마시코 씨는 적당하게 못생겼다.

스노우화이트의 멤버 핫치의 팬인 마시코 씨는 노벰버스라는 연결 고리를 통해 사쿠라이 씨와 안면을 텄다고 한다. 현금 삼만 엔과 이번 콘서트 투어의 은테이프(콘서트 등에서 연출을 위해 뿌리는 긴 테이프. 색상은 다양하며 투어 제목, 로고, 아티스트의 사인이나 메시지를 넣기도 한다-옮긴이 주)를 사례로 주자, 마시코 씨는 장난치는 게 아닐까 싶을 만큼 요란스레 기뻐했다.

"전에 사쿠라이 씨가 자기는 부르주아가 아니라기에 이 빌어먹을 부르주아가 웬 겸손인가 싶었는데, 정말로 하늘 위에는 또 하늘이 있는 법이네요! 감사합니다!"

옆에서 사쿠라이 씨가 엄청 복잡한 표정으로 그 모습을 바라보았다. 살아가는 세계가 너무 차이 나면 반대로 호감을 가질 수 있다. 마시코 씨는 나에 대해 몰랐고, 내 직업에도 흥미가 없었다. 마시코 씨에게 나는 그저 '스노우화이트 멤버 지카 짱의 팬인 부르주아'였다.

나는 괴문서의 형식을 흉내 내 '잡지와 신문에서 지금 화제로 떠오르고 있는 미인 재무 설계 고문, 토머슨 컨설팅의 전前 수석 컨설턴트 스미타니 미야비의 사생활을 폭로한다. 스미타니 미야비는 다카라즈카 덕후, 못생긴 뚱녀와의 섹스에 탐닉하는 주책바가지 레즈비언!!'이라는 서면을 작성해 방금 찍은 사진을 첨부했다. 그리고 사쿠라이 씨가 토머슨의 서버에 침입해 그 정보를 첫 번째 괴문서가 발송된 곳에 전부 뿌렸다.

20분 후에 첫 반응이 왔다.

"스미타니 미야비가 레즈비언이었어?! 셈버가 아니라?! 어느 쪽이 진짜야?"

그런 목소리가 사쿠라이 씨의 휴대전화에서 들렸다. 사쿠라이 씨의 남편이다. 사쿠라이 씨는 언짢은 표정으로 휴대전화를 귀에서 떼며 "그런가 보네" 하고 대답했다.

"우와, 엄청 흥분되네. 당신도 스미타니 미야비랑 뭔가 있었어? 당신이랑 스미타니 미야비의 조합이면 볼 만하겠는데."

사쿠라이 씨는 남편이 한창 떠드는 도중인데도 아무 말 없이 전화를 끊었다.

"괜찮아?"

내가 물었다.

"괜찮아요. 어차피 나 말고 KGB64의 멤버 중 한 명으로 바꿔서 상상하고 있을걸요."

그건 께름칙하다. 그 후에 바로 미나토 씨가 들뜬 목소리로 전화했다.

"미야비 짱, 그랬던 거야?! 미야비 짱을 소개해 달라는 사람이 몇 명 있는데 다음에 안 만나볼래? 제법 괜찮은 이야기야!"

미야비 씨의 '괜찮은 이야기'가 돈 관련인 건 틀림없었다. 의

외의 전개에 당혹스러웠지만 나는 바로 고개를 끄덕이고 일정을 조정했다. 그리고 한 시간 뒤, 고대하던 사람에게 전화가 왔다.

"미야비, 너 이 녀석!"

"……아버지."

몇 년 만에 듣는 아버지의 목소리. 아버지는 말을 잇지 못하겠는 듯 잠시 거친 숨소리만 들려왔다.

"오랜만이에요. 어쩐 일이세요?"

"어쩐 일이냐니……

"그 괴문서, 아버지가 시키신 거죠."

"……."

"딸을 범죄자 취급하고 마음이 아프시지는 않던가요? 그걸 보고 딸이 얼마나 상처를 입을지 생각도 안 해보셨어요?"

분위기를 눈치챘는지 사쿠라이 씨가 사무실 밖으로 살며시 나갔다. 그리고 몇 초 후에 "우왓" 하는 목소리가 들려왔다. 아마 침실 문이라도 열어본 거겠지.

잠시 침묵을 지키던 아버지는 한숨을 한 번 쉰 후 무거운 목소리로 말했다.

"그럼 넌 결혼도 안 하고 젊은 남자 꽁무니나 쫓아다니는 딸을 가진 아버지의 마음이 얼마나 아픈지 알아?"

"딸의 행복에는 관심도 없는 아버지의 마음은 알고 싶지도 않네요."

"어른이 되라는 거야!"

"저는 충분히 어른 노릇을 하고 있어요! 일도 하고 세금도 내면서 국가 경제에 이바지하고 있죠. 그것 말고 어른이 할 일이 또 뭐가 있나요?!"

실은 안다. 일본 사회에서 나 같은 입장의 여자에게 어떤 '어른'상을 요구하는지 정도는 잘 안다. 결혼해서 아이를 낳아 키우며 현모양처로서 무릇 세상 모든 여성들의 귀감이 되는 것. 그렇지만 아버지 앞에 서면 나는 서른다섯 살을 먹고도 그저 그의 아이다. 영원히 어린애. 몇 살을 먹어도.

"……그렇게 싫으냐."

"……."

"동성애자라는 거짓말까지 할 만큼 싫은 거냐."

"……죄송해요."

사과할 마음은 없었는데, 따져 보면 화근을 제공한 건 아버지인데, 입에서 사죄의 말이 나왔다. 그런 자신이 한심해서 눈물이 났다. 잠시 후 전화가 끊겼다.

결과적으로 고객은 늘었다. 미나토 씨에게 소개받은 오너를 비롯해 전부 여자 경영자다.

"잘됐네요."

네일 살롱에 나란히 앉아 손톱 관리를 받다가 사쿠라이 씨가 말했다. 오요시는 아버지 회사 담당에서 제외된 모양이다. 가엾어라.

"잘된 걸까?"

내가 물었다.

"딱히 아버지랑 화해하고 싶다거나 그런 건 아니었잖아요. 고객도 늘었으니 만만세죠. 제 계획이었으니까 다음에 뭔가 행사가 있으면 제 표도 부탁할게요."

"응……."

석연치 않은 기분으로 고개를 끄덕이고 두 시간쯤 지나 네일 살롱을 나섰다. 차라도 마시고 가자고 사쿠라이 씨에게 말하려는데, 그녀가 걸음을 멈추고 앞쪽 한 지점을 응시했다. 나는 사쿠라이 씨의 시선을 따라가다 숨이 멎을 뻔했다.

앞에서 지카 짱이 걸어오고 있었다. 여기는 롯폰기니까 디셈버스 애들이 놀러 나와도 신기할 건 없고, 롯폰기 사진관에서는 가끔 잡지 촬영도 한다. 나는 무심코 사쿠라이 씨의 손을 잡았다. 사쿠라이 씨도 잡힌 손에 힘을 주었다.

지카 짱 옆에는 사쿠라이 씨가 좋아하는 미라잉이 아닌 사쓰키 질베르가 있었지만, 그래도 그들은 우리가 아주 좋아하는 스노우화이트의 멤버다.

웃고 장난치며 걸어오던 그들이 앞쪽에서 얼어붙은 우리를 힐끗 보았다.

아, 하고 지카 짱이 작게 목소리를 흘려낸 것 같았다. 내 얼굴을 보고. 지카 짱은 꽃이 피어나듯 환하게 웃음 지으며 내게 고개를 살짝 숙였다.

"누구? 아는 사람이야?"

우리 옆을 지나치며 질베르가 지카 짱에게 물었다.

"옛날에 날 도와준 사람."

"그렇구나."

신이시여. 아아, 신이시여.

내가 두 손을 맞잡고 쪼그려 앉자 사쿠라이 씨가 어깨를 어루만져주었다.

"잘됐네요."

나는 어금니를 꽉 깨물어 눈물을 참으며 몇 번이고 고개를 끄덕였다.

여자는 평범한 게 제일이라는 말을 들으며 자랐다.

똑똑한 여자는 남자와 여자 모두 싫어하니까 공부는 중간 정도면 돼. 남이 말할 때는 생글생글 웃으며 고개를 끄덕여 주고. 몸가짐은 되도록 단정해야 해. 그리고 얼굴이 예쁜 애를 친구로 사귀렴. 예쁜 사람과 같이 있는 것만으로도 여자의 가치는 올라가는 법이니까.

딱히 어머니의 당부를 지키며 살아온 건 아니지만, 분명 나는 아주 평범한 얼굴과 머리를 가지고 그림으로 그린 듯 평범한 삶을 살아왔다. 어머니 말대로 자신의 특별한 의사 없이 평범한 여자는 남녀 모두에게 호감을 얻었다. 제법 예쁜 동성 친구가 많았고, 중학교 3학년 때 처음으로 남자에게 고백 받은 이후로 2년의 공백을 제외하면 남자가 끊인 적이 없었다. 열일곱 살 여름 방학에 첫 경험을 했고, 전문 대학에 입학해 연합 동아리 신입생 환영회에서 새 남자를 만났으며, 사회에 나와서는 종합 상사 사원과의 단체 미팅에서 한 남자의 대시를 받아 스물다섯 살 때 결혼했다.

그런 평범한 내가 스물다섯 살 때 와세다대학 출신의(여자들 왈, 'S급 물건'이라 불리는) 남자와 결혼해 일찌감치 아이를 낳고 도내의 단독 주택에서 전업주부로 행복하게 살 수 있는 것도 어머니의 조기 교육 덕분인지 모르겠다.

남자는 대개 "같이 있으면 마음이 편하다"라는 찬사를 내게 보냈다. "나만 바라봐 줄 것 같다", "뭐든지 용납해 줄 것 같다", "가정식 식당 이모님처럼 푸근하다" 같은 변주도 있었다. 나는 대충 그런 분위기의 여자다. 지금도 평범하다는 말 그대로 대세에 거스르지 않고 순응하며 살고 있다. 왜냐하면 내 정신은 이 세상에 살고 있지 않으니까.

남자를 용납하고 말 것도 없다. 멋대로 나를 좋아하고, 멋대로 마음 편해하고, 멋대로 푸근해하라지. 나는 연애하는 상대를 딱히 좋아하지 않으니까.

나는 중학교 1학년 때 열애에 빠졌다. 상대는 연예 기획사 '디셈버스' 소속 연예인, 스콜피언스의 마쓰다이라다. 너무 좋아서 밤에도 잠 못 이루는 나날을 보냈다. 스콜피언스, 줄여서 스콜피는 당시 약간 반항적인 느낌의 10대 소년을 중심으로 결성된 6인조 아이돌 그룹이었다. 도중에 한 명이 "나는 신세계의 해적왕이 되겠어"라며 탈퇴했지만(얼마 후에 요트 레이서가 됐다), 5인조가 된 후에도 꾸준히 활동했고, 모두 마흔 살 전후가 된 지금도 고정 출연 스케줄이 세 개나 되는 부동의 톱 아이돌이다.

열두 살 때부터 서른 살까지 다른 남자와 사귀든 결혼하든 아이를 낳든, 내 마음속에는 언제나 마쓰다이라가 살고 있었다. 마쓰다이라 말고 다른 남자를 좋아할 일은 평생 없을 줄 알았다. 다른 사람을 좋아하는 건 내가 현실 세계로 돌아왔을 때뿐이라고 생각했다.

내가 알기로 종합 상사 사원인 남편은 어느새 작가가 되어 있었다.

어느 틈엔가 출판한 자기계발 에세이 《불에 기름을 끼얹는 기술》이 50만 부를 넘을 기세로 팔려나간 것이다. 그걸 알아차린 건 내가 서른 살 때였다. 당시 아이는 아직 네 살이었다. 서점에서 남편 이름을 봤을 때의 충격은 엄청났다. 자신감 넘치는 저자 사진. 그 아래 저자 프로필에는 20××년에 구로카와 물산을 퇴사하고 집필에 전념했다고 적혀 있었다. 작년이다. 머릿속이 새하얘졌다.

나는 주부를 대상으로 한 패션 잡지와 아이돌 잡지 말고는 전혀 책을 읽지 않았다. 잡지는 전부 연간 구독이라 아이의 그림책이나 교재를 살 때만 서점에 갔다. 따라서 그 책이 발매되고 약 반년 간 나는 남편이 회사를 그만둔 줄 몰랐다. 알아차렸을 무렵에는 이미 《아니 땐 굴뚝에 연기를 피우고 싶은 사람을 위한 책》이라는 두 번째 자기계발 에세이가 '순식간에 중쇄! 10만 부 돌파!'라는 띠지가 감긴 채 서점에 진열되어 있었다.

"어떻게 된 거야?!"

당시 나는 그 책 두 권을 사서 테이블에 놓아두고 남편이 귀가하기를 기다렸다가 따져 물었다. 하지만 남편이 입을 열기도 전에 반년 전부터 모시고 살았던 시어머니가 눈썹을 치켜세우고 "너 정말로 지금까지 몰랐니?!" 하며 끼어들었다.

그 말을 듣고서야 나는 이해했다. 시어머니와 갑작스레 동거를 시작한 것, 시어머니가 남편의 급여명세서를 틀어쥔 것, 남편의 자질구레한 생활까지 모조리 시어머니가 챙긴 것. 그러고 보니 자주 둘이서 나가기도 했다.

"사 온 거야? 사무실에 저자 증정본이 아직 많이 있는데."

내가 화를 내는데도 전혀 아랑곳없이 남편은 기쁜 듯 눈초리를 내리고 경례하는 시늉을 했다.

"구입해 주셔서 감사합니다."

'야! 네 주제를 알아야지!' 라는 말을 뱉어내기 직전에 꿀꺽 삼켰으니 아내로서 훌륭하다고 생각한다. 결국 나는 아무 말도 못 하고 입을 꾹 다문 채 2층으로 올라가 딸이 잠든 방에 들어갔다. 나와 마찬가지로 평범하게 생긴 딸은 평범한 표정으로 이부자리 밖으로 삐져나와 자고 있었다.

"……엄마?"

"아, 미안해. 엄마 때문에 깼구나."

딸을 안아 이부자리 위로 돌려놓고 다시 새근새근 잠에 빠진 평범한 얼굴을 들여다보았다.

나는 상사 사원의 아내. 이 아이는 상사 사원의 딸. 그게 유치원이라는 사회에서 우리가 지닌 주제였다. 가령 운동회에 남편이 오지 않더라도 "남편은 스페인에 출장을 가서요" 라고 대답할 수 있으면 만족이었다. "나데시코 짱의 아빠는 스페인에 갔대. 좋겠다, 마코도 스페인에 가고 싶어" 하고 나데시코의 친구가 자기 엄마한테 전달하면 허영심은 충족됐다.

나는 상사 사원의 아내. 평범한 내가 유일하게 붙잡을 수 있었던 최고의 지위가 그거였는데.

다시금 울컥해서 나는 나데시코가 덮은 이불 가장자리를 꽉 움켜쥔 채 분노에 치를 떨었다.

《불에 기름을 끼얹는 기술》이 뭐야? 자기계발 에세이가 다 뭐냐고.

이왕 책을 낼 거면 소설을 썼어야지! 그 소설이 마쓰다이라 주연으로 영화화되면 얼마나 좋아! 그러면 남편의 조강지처로서 함께 파티에 참석해 마쓰다이라와 안면을 틀 수 있었을 텐데! 어쩌면 남편을 버리고 마쓰다이라와 결혼할 수 있었을지도 모르는데!

아무 짝에도 쓸모없는 인간 같으니라고!!

이게 5년 전의 일이다. 나는 현재 서른다섯 살이고, 딸은 아홉 살이 됐다. 그 후 남편은 연애 지침서 시장에도 발을 뻗어 《미운 정 고운 정 확실히 떼는 방법》이라는 세 번째 책으로 젊은 여성 독자를 다수 확보했다. 책 세 권으로 총 1억 5,000만 엔을 벌어들였으며, 지금은 도쿄 23구내에 훌륭한 '야마다 다쿠로 사무소'를 차려놓고 강연이니 세미나니 잡지 칼럼으로 그럭저럭 짤짤한 수입을 올리고 있다. 집에 안 들어올 때도 많다.

2년 전 남편이 일했던 구로카와 물산은 도산 위기에 처해 대규모 정리해고 끝에 외자계 기업에 매수됐다. 전대미문의 불경기 때문에 구로카와 물산뿐 아니라 일본의 거의 모든 대기업이 대량의 실업자를 배출했다. 소문에 따르면 구로카와 물산은 우수 사원을 제외한 사원의 70퍼센트가 해고됐다니 나는 의외로 운이 좋았을지도 모른다. 상사 사원의 아내라는 지위는 잃었지만 '에세이스트 야마다 다쿠로의 아내'라는 새로운 지위를 얻었다. 왠지 주류는 아닌 느낌이지만 어쩔 수 없다.

쓸모없는 인간이라고 속으로 남편을 실컷 욕한 5년 전 그날로부터 이틀 후, 나는 어째선지 마쓰다이라와도 결별했다. 열두 살 때부터 통산 18년의 사랑이 끝을 맞은 것이다.

그날 스콜피의 새 콘서트 DVD가 발매됐다. 반년 전에 시어머니와 동거를 시작한 터라 속으로 '죽어라, 할망구' 하고 저주하면서 결국 관람을 포기했던 콘서트 영상이다. 그걸 구입해 집으로 돌아온 나는 막 나가는 심정으로 거실 대형 TV에 DVD를 재생했다.

콘서트 현장을 찍는 카메라가 돔을 가득 메운 관객을 빙 둘러

본 후 메인 무대에 고정됐다. 특수 효과를 담당한 불꽃이 하늘로 솟아올라 펑 터지자 관객이 귀가 찢어질 듯한 환성을 질렀다.

아아, 저기 있고 싶었는데. 나는 왜 이 꼴일까.

홧김에 구석구석 뚫어져라 영상을 보고 있자니 백댄서 중에 옛날의 마쓰다이라와 춤 동작이 비슷한 소년이 있었다. 아니, 마쓰다이라보다 더 잘 추는지도 모르겠다.

마쓰다이라는 이제 예능인 노선을 타고 말았지만, 원래 내가 푹 빠졌던 시절에는 무뚝뚝하고 춤을 아주 잘 추는 데다 약간 반항기 있는 미소년이었다. 백댄서 소년이 풍기는 분위기는 그 옛날의 마쓰다이라와 똑같았다.

어느새 나는 마쓰다이라가 아니라 그 소년의 모습만 좇고 있었다. 백댄서라서 화면에는 좀처럼 비치지 않았다. 나는 남편과 시어머니가 사무소에서 돌아오기 전에 DVD를 네 번이나 돌려 보며 소년이 화면에 나오는 시간을 모조리 종이에 기록했다. 그리고 인터넷 커뮤니티 '가르쳐줘 야호'에 스콜피의 새 DVD 재생 시간 몇 분 몇 초에 나오는 소년이 누구인지 가르쳐달라는 글을 올렸다.

한동안 집안일을 하고 다시 컴퓨터를 켰다.

ㄴ 🧑 '스노화의 사쓰키예요. 멋지죠! 저도 엄청 팬이랍니다'

ㄴ 🧑 '백설공주의 질베르 님이에요. 질베르바라기 세상에
오신 걸 환영합니다'

ㄴ 🧑 '질 님의 마력에 사로잡힌 가련한 어린 양이 여기 또
하나…… 자, 두려워하지 말고 어서 빨갛게 무르익은
독 사과를 드세요'

이런 댓글 세 개가 30분 안에 달려 있었다. 뭐야, 질베르라니,
영어로 읽으면 그냥 길버트일 텐데 생각하며 '스노화', '사쓰
키', '질베르', '질(ZIL) 님' 네 가지 검색어로 다시 검색하자 장
난이 아니라 그의 이름은 정말로 '사쓰키 질베르'였으며 노벰버
스의 스노우화이트라는 그룹 멤버라는 게 떴다. 또 팬 블로그를
운영하는 몇몇 팬들 사이에서 그는 'ZIL님'으로 불리며 무슨 교
주처럼 숭배받고 있었다.

나는 남편이 돌아올 때까지 사쓰키 질베르에 관해 조사했다.
이미지와 동영상을 검색하고, 지금까지 스콜피의 기사만 읽고
보관해 둔 아이돌 잡지 과월호를 꺼내 인터뷰와 코멘트를 샅샅
이 훑었다.

사쓰키 질베르는 흰 벽을 등지고 사진을 찍으면 벽과 한 몸이

될 만큼 살빛이 하얗고, 머리카락과 눈 등의 색소가 전체적으로 옅으며, 팔다리도 가녀려 마치 인형 같은 소년이었다. '마력에 사로잡힌 가련한 어린 양', '질베르바라기 세계에 오신 걸 환영합니다'라는 댓글이 머릿속에 되살아났다. 나는 동영상을 재생한 지 30분 만에 완전히 사랑에 빠졌다.

그 당시 사쓰키 질베르는 열일곱 살이었고, 잡지에 실린 프로필에 따르면 키 162센티미터, 몸무게 48킬로그램, 좋아하는 음식은 따끈따끈한 두부튀김(어른 입맛), 이상형은 '단발머리에 웃는 게 귀엽고 솔직한 사람'이었다. 나는 다음날 어깨뼈 아래까지 내려오던 머리를 잘랐다. 그리고 매일 다양한 두부 요리를 만들었고, 다이어트에 힘썼다. 48킬로그램을 밑돌기 위해.

5년이 지난 현재, 사쓰키 질베르는 스물두 살, 키 166센티미터, 몸무게 52킬로그램, 좋아하는 음식은 맑은 두부탕(어른 입맛), 이상형은 '긴 생머리에 상식적이면서도 미스터리한 미인'으로 바뀌었다. 분명 5년 사이에 웃는 게 귀여운 단발머리 여자한테 '솔직함'이라는 둔기로 폭행이라도 당한 거겠지. 물론 현재 내 헤어스타일은 긴 생머리고, 날마다 상식을 쌓으려고 노력 중이다. 하지만 미인이라는 항목만은 원판이 그저 그래서 무리다.

운 좋게도 2년 반쯤 전에 데뷔한 디셈버스의 5인조 그룹 'INAZUMA'에 딸 나데시코가 푹 빠졌다. 남편은 텔레비전 속 아이돌을 황홀하게 바라보는 딸이 못마땅한 듯했지만 저녁 먹을 때 나데시코가 "우리 반 남학생 중에 ○○가 말이지" 하는 이야기를 꺼내지 않는 만큼 안심한 눈치였다. 그렇게 걱정이 되면 사립 여학교에 보냈으면 됐을 걸, "어릴 적에는 공립이면 돼. 그리고 난 사실 도쿄대에 가고 싶었거든. 나데시코도 이왕이면 대학까지 쭉 국공립에 다녔으면 좋겠어" 하며 나데시코에게 입시 공부를 시키지 않았다. 내 머리를 절반 물려받았으니까 도쿄대는 무리일 거라고는 말하지 않았다. 남자는 실컷 꿈을 꾸게 놔둬야 다루기가 편해진다.

시어머니는 내가 '나데시코를 위해' 사오는 INAZUMA가 표지 모델인 아이돌 잡지를 "이런 날라리 딴따라가 뭐가 좋다고" 하며 휙 내던지지만, 나와 나데시코가 텔레비전을 보지 않는 시간대에는 한국 드라마 채널에 몰두한다. 요즘은 꿈꾸는 소녀처럼 보드라운 미소를 머금은 청년에게 푹 빠졌다. 이 할망구가 우리랑 다를 게 뭐가 있냐 싶어 울컥하지만 섣불리 말대꾸했다가는 분명 손해를 볼 테니 가만히 참는다. 아아, 나는 착한 며느리야. 나데시코는 날 닮은 착한 딸이고.

착한 며느리답게 엄마들 모임, 그러니까 한 달에 한 번 있는 학부모회를 마치고 돌아오는 길에 엄마들과 커피 한 잔에 이백 엔인 저렴한 카페에서 차를 마신다. 야마다라는 평범한 성 덕분에 내가 에세이스트 야마다 도쿠로의 아내, 즉 아이를 공립학교에 보내는 평민들에 비해 '부르주아'라는 사실은 들통나지 않았다.

떠들썩한 카페에서 시나몬 차이를 테이블에 내려놓고 자리에 앉자 갈색 머리에 얼굴이 둥그스름한 여자가 새로 마련한 내 가방을 보고 물었다.

"저기, 그 가방. 고야드에서 새로 나온 거지?"

그녀의 입에서 고야드라는 말이 나온 것에 일단 놀랐지만, 나는 웃으며 고개를 끄덕였다. 다른 여자가 몸을 내밀고 물었다.

"응? 그게 뭔데? 명품이야?"

"그럼. 지갑 하나만 해도 10만 엔쯤 하는걸. 루이비통보다 비싸. 지금 한창 유행하는 중이지?"

"진짜야? 난 평생 엄두도 못 내겠네. 야마다 씨, 부자구나."

'진짜야?'라는 말에서 30대라는 세대가 느껴졌다. 요즘 애들은 '진짜로?'가 아니라 '찐?'이라고 한다. 맞은편에 비스듬히 앉아 있던 화장기 없이 뚱뚱한 여자, 이름이 고무카이였나 하는 사람이 그런 여자들을 보고 코웃음을 치며 말했다.

"가방이야 물건만 들어가면 그만이지. 기껏해야 주머니 하나에 십만 엔이라니 웃기지도 않는다."

"뭐, 그건 그렇지. 나도 오늘 들고 온 가방, 잡지 부록이야!"

"아, 나도, 나도. 그것도 작년 거!"

캬하하하하하, 하고 카페에 웃음소리가 울려 퍼졌다.

우리의 공통점은 아이가 아홉 살이라는 것이다. 나 말고는 생활 계층이 그다지 높지 않았지만 다들 일찍 결혼해 아이도 일찍 낳아 아직은 그럭저럭 젊은 편이었다. 몇 년 전까지 20대였던 여자들이 아이를 낳고 몇 년 지났다고 왜 이렇게까지 '아줌마'가 되는 걸까.

가방 이야기가 일단락된 후, 젊은 담임 여선생의 험담을 거쳐 이번 분기 텔레비전 드라마는 뭐가 제일 재미있느냐는 이야기로 옮겨갔다가 디셈버스 소속 연예인 중에서는 누구를 좋아하느냐는 (내 입장에서는 위험하기 짝이 없는) 화제가 나왔다.

"나데시코 짱은 INAZUMA의 팬이지? 야마다 씨는 누굴 좋아해?"

"어, 존인가? 나데시코도 걔를 제일 좋아하는 모양이던데."

"아, 무난한 편이네. 모녀 아니랄까 봐 그런 것까지 닮았구나."

　10만 엔짜리 가방에 코웃음 친 고무카이 씨가 다시 코웃음 치며 말했다. 질베르, 미안해, 하고 속으로 사과하면서도 잘 넘어갔다는 안도감에 내가 그만 피식 웃었던 모양이다.

　"뭐가 우스워?"

　고무카이 씨가 어쩌선지 적의가 담긴 눈으로 나를 보았다. 나는 당황해서 얼굴에 얼른 웃음을 만들어 붙이고 대답했다.

　"아니, 오늘 존이 나오는 드라마가 한다고 생각하니 기뻐서 그만 웃음이 나왔네."

　"아, 〈겨울 잉어는 옅은 먹색으로 그을다〉, 그것도 좋지. 아역이 천사 같아서."

　"그렇게 순수하고 귀여운 애가 실제로 어디 있겠어."

　캬하하하하하, 하는 웃음소리가 다시 울려 퍼졌다. ……빨리 집에 가고 싶은 마음이 간절했다.

　남편은 출판사의 접대를 받으러 가서 오늘은 자정이 지나서야 들어올 예정이다. 나데시코가 잠자리에 든 후, 나는 휴대전화를 꺼내 어느 사이트에 접속했다.

　'여기는 백설공주 ZIL님의 천상수 사이트입니다. 18세 미만

이신 분, 정해진 꽃 이름, 정해진 세 자리 숫자, 정해진 알파벳 세 개를 모르시는 분은 지금 당장 창을 닫아주세요.'

사이트 대문의 주의사항은 본체만체한 뒤 요구하는 비밀번호를 입력해 입장하자 '소설 · GOZIL' 항목에 업데이트 마크가 달려 있었다. 스노우화이트 멤버의 BL(Boys love, 남자끼리 연애하거나 육체관계를 맺음 - 옮긴이 주) 소설이 실린 아마추어 팬픽 사이트다.

왜 이런 지경이 됐는지는 나도 모르지만, 5년 전 질베르를 좀 더 알고 싶은 마음에 휴대전화와 컴퓨터로 이것저것 검색하다 이런 사이트에까지 다다르고 말았다.

사실 디셈버스 소속 연예인들을 소재로 이런 망상을 펼치는 팬들이 있다는 건 마쓰다이라의 팬이었던 시절부터 알고 있었다. 나는 마쓰다이라를 사랑했고 그가 사랑하는 사람은 나여야 했다. 따라서 마쓰다이라가 다른 멤버와 키스하거나 육체관계를 맺는 그림이나 소설은 질색이었기에 존재는 알고 있었지만 그쪽 방면의 팬들과는 거리를 두었다.

그런데 왜 내가. 이제 와서 BL 소설을.

오늘 사이트에 업데이트된 건 신작 소설이었다.

나의 과거와 미래(1)

그 악몽은 약 한 달에 걸친 무대 공연이 열흘째 되던 날 발생했다.

나와 간다 미라이의 듀엣 무대가 끝났다. 무대 승강장치가 내려가자 우리는 준비된 매트리스 위로 뛰어내렸다. 이제 의상을 갈아입고 두 곡 후에 시작될 스노우화이트 다섯 명의 댄스 무대에 대비해야 한다. 이 공연이 시작된 지 열흘째. 말썽도 일어날 리 없었다. 10년 가까이 무대에 서온 우리가 실수할 리만무했다.

낡은 극장의 무대 아래, 착지한 뒤 한 박자 늦게 옆에서 뭔가 둔탁하니 찜찜한 소리가 들렸다. 그리고 쥐어짜낸 듯한 신음소리가 어둠 속에 울렸다.

미라이가 오른쪽 다리를 부여잡고 바닥을 뒹굴고 있었다.

– 미라이, 왜 그래!

위에서는 이미 선배들의 다음 무대가 시작됐다. 느린 템포의 조용한 곡이라 크게 떠들 수도 없어 나는 억누른 목소리로 물으며 미라이의 어깨를 잡았다. 달려온 스태프들이 앗, 하고 작게 소리를 질렀다.

미라이의 착지 지점에만 매트리스가 없었다. 분명 스태프의 실수다. 무대에서 지하실까지 족히 2미터는 된다. 평소 같으면 매트리스 없이도 그 정도 높이에서는 뛰어내릴 수 있다. 하지만 매트리스가 있을 거라 믿고서 뛰어내렸는데 없다면.

– 미라이, 미라이. 정신 차려, 일어설 수 있겠어?

나는 미라이의 뺨과 이마를 거칠게 쓸었다. 손바닥에 미끈한 감촉이 느껴져 나는 숨을 삼켰다. 검붉은 피가 손가락 사이로 뚝 떨어졌다. 안 돼, 미라이. 소리 없는 비명. 나는 정신없이 미라이를 불렀다.

– 괘, 괜찮아. 걱정 마, 샷짱.

억지로 웃으며 일어서려다 무릎이 꺾여 바닥에 푹 쓰러진 미라이는 더 이상 아무 말도 움직임도 없었다. 마치 죽은 사람처럼 얼굴에서 핏기도 싹 가셨다.

– 미라이!!

몇 번이고 그 일을 악몽처럼 꾼다. 고통에 일그러진 그의 얼굴과 단말마 같은 신음 소리. 내가 그를 걱정한다는 걸 인정하고 싶지 않지만, 그날부로 미라이는 공연에서 빠졌고 다른 그룹의 베테랑 댄서 야나기가 대신 무대에 서게 됐다. 그 소식을 들었을 때 안도인지 기쁨인지 분노인지 모를 감정에 잠깐 마음이 어지러웠다. 아니, 잠깐이 아니라 분명 지금도.

- 질베르, 한 박자 늦잖아. 너답지 않게 왜 그래.

야나기는 사정없이 나를 질타했다. 우리는 무대를 나선 뒤에도 매일 회사 스튜디오에서 밤늦게까지 리허설을 하며 합을 맞췄다. 한 시간 내내 춤추고 10분간 휴식. 녹초가 된 몸에 수분을 공급했지만, 그걸로는 모자라 나는 흡연실로 향했다. 떨리는 손으로 담배를 꺼내 물고 불을 붙인 순간 담배가 입술 사이에서 빠져나갔다.

야나기가 미간에 주름을 잡은 채 담배 연기를 빨아들이고 있었다.

- 미라이가 걱정돼? 지금 집중 치료실에 있다며?

하얀 연기와 함께 내뱉은 말에 나는 고개를 저었다.

- …… 딱히.

- 너 평소에 담배 잘 안 피우잖아. 그것도 이렇게 센 거는.

당신 앞에서는요. 나는 그 말을 속으로 삼키고 말없이 손을 내밀었다. 약간 짧아진 담배가 검지와 중지 사이로 되돌아왔다.

- 미라이가 걱정 안 된단 말이지?

야나기는 내 얼굴을 들여다보며 재차 물었다.

- 당신도 참 끈질기네요.

- 그게, 미라이에겐 미안하지만 내 입장에서는 행운이라서.

야나기는 희미하게 웃으며 손등으로 내 뺨을 살며시 쓸어내렸다. 이런 건 바라지 않는다는 내 의사와는 반대로 아플 만큼 가슴이 두근거렸다. 나는 평소대로 감정을 죽이고 태연한 척 말했다.

- …… 그러게요. 녀석이 없어진 덕분에 무대에 설 기회가 늘었을 테니까요.

- 그런 뜻이 아니라는 거 알잖아?

팔을 세게 붙잡혀 담배가 바닥에 떨어졌다. 불나겠다고 생각할 틈도 없이 입술을 빼앗겼다.

- 읍…….

그건 줄곧, 회사에 들어왔을 무렵부터 내가 바랐던 일이었다. 이제 와서 야나기가 돌아봐주길 바라지는 않는다고 마음을 다독였지만 거친 입맞춤에 몸속 깊은 곳이 뜨겁게 요동쳤다. 그러나 야나기의 혀가 입술 사이로 들어오는 동시에 머릿속에 미라이의 얼굴이 떠올라 순간적으로 몸을 비틀었다.

- 싫어…… 놔!

손을 힘껏 뿌리치자 속박이 풀렸다. 손등으로 입술을 몇 번이나 닦았다. 입술이 터져 손등에 피가 묻어나자 눈물이 왈칵 솟았다.

- 왜 이제 와서 이런…….

- 질베르…….

실은 야나기를 원했다. 그 무렵 천진난만한 어린아이였던 나는 야나기에게 칭찬을 받고 싶어서 늘 그를 졸졸 따라다녔다. 하지만 그는 내 호의를 알아차리자마자 나를 멀리 했다. 아주 잔인한 방법으로. 그리고 나는 마음을 닫았다.

- 알고 있었잖아요? 난 줄곧 당신을 동경했어요. 하지만 당신은 날 거들떠보지도 않았죠. 당신과 함께 춤추고 싶어서, 당신을 따라잡고 싶어서 죽어라 댄스 연습도 했다고요. 알고 있었죠, 그렇죠? 그럼 왜 그때 잘해주지 않았어요? 왜 지금이에요?!

미라이가 보고 싶어.

눈물로 번지는 시야 속, 한때 죽도록 동경했던 사람의 얼굴을 보며 생각했다. 부탁이니 날 보라고, 나만 보라고 속으로 부르짖던 끝에 거부당하고 좌절해 마음을 완전히 닫아버린 나를 구해준 것이 바로 미라이의 한없이 밝은 웃음이었다.

연상에다 선배인 나를 건방지게 '삿쨩'이라는 애칭으로 부르는 녀석. 한자도 못 읽고 말할 때 표정 변화도 종잡을 수 없고, 입만 열면 "공연 쉬는 날에 놀자" 하고 쉴 생각밖에 없는 녀석. 의식이 없는 상태로 병원에 실려가 아직 한 번도 눈을 뜨지 않고 잠들어 있는 못된 녀석. 그 천진한 웃음을 보고 싶은 마음에 하염없이 눈물이 흘렀다.

- 미안, 내가…….

- 당신 사과는 듣고 싶지 않아!

땀에 젖은 연습복을 입고 달려가는 나를 야나기는 쫓아오지 않았다.

……끝까지 써라 이 망할 것아! 아니, 써서 올려주십시오, 작가님!

소파에서 몸부림치며 작게 비명을 지른 후 나는 휴대전화를 덮었다.

달려간 삿짱이 무사히 미라이를 만날 수 있을까. 아니면 마음을 바꿔 쏜살같이 쫓아온 야나기에게 붙잡혀 어딘가로 끌려가 험한 꼴을 당할까. 스스로 생각하기에도 생산성 없는 망상을 거듭하고 있자니 남편이 돌아왔다.

"아, 취한다. 오차즈케(녹차에 만 밥에 연어, 명란젓, 김 가루 등의 고명을 올려 먹는 간단한 식사 – 옮긴이 주) 만들어 줘."

곤드레만드레 취한 남편은 술 냄새가 진동하는 입김을 내뿜으며 내게 안겼다. 처음 맡아보는 향수 냄새도 풍겼다.

"알았어, 알았어. 잠깐만 기다려."

남편을 떼어내 소파에 눕히고 이불을 덮어준 후, 오차즈케고 나발이고 침실로 가서 잠자리에 들었다. 어차피 술에 곯아떨어져 필름이 끊길 것이다.

일주일쯤 지난 어느 날, 나데시코가 울면서 돌아왔다.

"뭐야, 무슨 일 있었어?!"

놀라서 딸의 얼굴을 감싸자 나데시코는 큰소리로 엉엉 울며 품에 안겼다. 엉엉이 일단락된 후 "엄마, 부르주아야?" 하고 눈물 어린 목소리로 물었다.

"뭐라고?"

"기라라 짱이 우리 집은 부르주아라서 서민을 깔보고 바보 취급한대."

"누가 그런 소리를 했어?!"

"기라라 짱이 그랬대도."

"그게 누군데, 성은 뭐니?!"

"고무카이, 기라라 짱. 다 같이 나데시코를 무시하자고 나서서 이제 아무도 나랑 말을 안 해."

……그 빌어먹을 가난뱅이가! 나데시코의 어깨를 잡은 손이 분노로 벌벌 떨렸다.

"서민한테는 나들이옷인 셜리템플 옷을 입고 철봉을 한다면서, 역시 부르주아는 다르다고 놀렸어. 엄마, 나도 셜리템플 말고 시모무라나 헤이유 옷을 입을래. 다들 시모무라나 헤이유 옷을 입는단 말이야. 그리고 책가방도 다른 애들이랑 똑같은 게 좋아. 비가 와서 젖어도 괜찮은 거."

코를 훌쩍이며 하소연하는 나데시코는 매일 셜리템플이나 메조피아노에서 산 옷을 입고 백화점에서 특별 주문한 고급 소가죽 책가방을 메고 등교한다. 전부 남편의 취향과 방침이다.

알았으니 엄마가 아빠한테 이야기 해보겠다고 달래서 그 자리를 수습했는데 한밤중에 남편이 또 곤드레만드레 취해서 돌아오자 배에 펀치를 한 방 먹였다. 남편이 배 속에 든 걸 모조리 화장실에서 토하고 정신을 차리자 마주 앉아 이야기를 나누었다.

"나데시코한테 새 책가방을 사줘."

"엉? 망가졌어?"

"아니. 그리고 주말에 시모무라에 나데시코 옷을 사러 가자."

"엉? 갑자기 웬 시모무라? 새 옷이 필요하면 평소처럼 셜리 템플이나 메조피아노에서 사. 어릴 적부터 좋은 걸 써봐야 고상하고 품위 있는 여자로 자란다고. 영국에서는 어린아이도 숙녀로 보고……"

"여기는 일본이거든? 그리고 당신이 공립학교에 보내겠다고 했잖아. 공립에 보내놓고 브랜드 있는 아동복을 입히는 바람에 나데시코가 괴롭힘을 당하고 있단 말이야. 부르주아가 서민을 깔보는 게 성질난다면서."

"부르주아?"

어쩐지 기쁘다는 듯 남편은 히죽거렸다. 부르주아라는 말의 가치와 문턱이 확 낮아졌다는 걸 그는 모른다.

"그렇군, 나데시코가 부르주아라. 우리가 부르주아란 말이지, 그런가, 꼭 그렇지만도 않은데. ……아이고, 머리야. 너무 마셨나 보네."

말이 안 통한다 싶어 자리에서 일어섰다. 남편은 머리를 감싸 안고 소파로 가서 코를 골며 잠에 빠졌다. 요전번과 똑같은 향수 냄새가 자리에 남아 있었다. 나는 냉장고에서 갈색 병에 든 자양 강장 음료를 하나 꺼내 칠칠맞지 못하게 다리를 벌리고 잠든 남편의 사타구니에 부었다. 주름진 치노 팬츠와 순면 소파가

노랗게 물들어가는 모습을 남편이 코 고는 소리를 들으며 멍하니 바라보았다.

솔직히 우리 집은 보통 상사 사원의 집보다는 유복하다. 하지만 나는 이런 생활을 바라지 않았다. 야마다 다쿠로의 이름은 이제 고무카이가 말하는 '서민'층까지 침투해 있어 나는 섣불리 신분을 밝힐 수 없다. 아이를 공립 초등학교에 보내는 '서민'의 엄마로서 생활해야 한다. 전업주부라는 이유만으로 부러움의 대상이 되거나, 반대로 경멸당하기도 하는 이 바닥에서 만약 '야마다 다쿠로의 아내'라는 사실이 드러나면 나는 분명 지독한 봉변을 당할 것이다.

노랗게 변색된 소파에는 아침에 시어머니가 증거 인멸을 꾀한 흔적이 있었다. 사소한 반항심에서 아침에 해야 할 집안일을 방치하고 10시쯤에 일어났는데, 나보다 일찍 일어난 시어머니가 소파에서 자고 있는 남편을 깨워 사무소로 보낸 모양이다. 나데시코에게도 밥을 먹인 흔적이 남아 있어 약간 안도했다.

하지만 그날도 나데시코는 가엾게 울면서 집에 왔다. 콘서트라도 있으면 기분 전환 삼아 데려가고 싶었지만, 아쉽게도 INAZUMA의 투어는 끝난 지 얼마 되지 않았다.

"작년 건 이제 질렸어."

"올해 게 DVD로 나오려면 한참 걸릴 텐데. 그럼, 옛날 거라도 볼래? 스콜피 콘서트."

"와, 엄마, 그런 아저씨들 DVD도 가지고 있어?"

"응. 아직 데뷔하기 전의 INAZUMA 애들이 뒤에서 춤춰."

그 말에 나데시코는 눈물을 거두고 약간이지만 눈을 초롱초롱 빛냈다. 똑같이 스콜피 뒤쪽에서 춤추었던 INAZUMA는 데뷔했지만, 스노우화이트는 아직 데뷔하지 못했다. 다른 팬들의 생각은 모르겠지만, 나는 모습을 볼 수만 있다면 데뷔하든 말든 상관없었다.

소파에 등을 기대고 바닥에 앉아 나데시코를 배 앞에 끌어안은 자세로 내가 삿짱과 처음 만났던 그 DVD를 재생했다. 누가 INAZUMA의 광팬 아니랄까 봐 나데시코는 금방 뒤편에서 춤추는 존과 호시를 찾아냈다.

"꺄, 다들 젊어."

아홉 살 딸의 그 말에 서른다섯 살 먹은 나는 무심코 그 부드러운 뺨을 꼬집어주고 싶어졌다. DVD를 본 지 30분쯤 지났을 때 거실 문이 열리고 시어머니가 들어왔다.

"또 이런 쓸데없는 거나 보고 있구나."

"할머니, 이거 INAZUMA가 아니라 스콜피인데?"

"그거나 그거나. 빨리 가서 공부하렴, 나데시코. 지금부터 공부를 많이 해야 네 엄마처럼 바보가 안 되지."

나데시코가 할머니를 불만스러운 눈으로 째려보았다. 나는 망할 할망구에게 빙긋 웃고는 "그럼 공부할까?" 하고 나데시코의 머리를 쓰다듬었다.

"엄마 같은 바보가 되면 큰일이잖니. 아빠처럼 돼야지."

"에이, 아빠처럼 되기 싫어. 아빠, 어제 술 취해서 소파에 오줌 쌌다? 그래서 아침에 할머니가 엄청 닦았어. 늙어서 드러누운 것도 아니면서 오줌 수발을 들어줘야 하는 어른은 최악이야."

시어머니 얼굴이 확 굳어졌다. 늙어서 드러누우면 너한테 오줌 수발을 받겠다는 시어머니의 말버릇을 멋지게 활용한 어린아이의 천진한 말에 '좋아 잘했어' 하고 속으로 쾌재를 불렀다.

"취해서 소파에 오줌 싸는 어른이라도 와세다는 와세다니까. 나데시코도 결혼식에서 와세다대학 교가 부르고 싶지? '도쿄도 서북쪽 와세다의 숲에~' 하고 아빠가 취하면 자주 부르는 그거."

"으, 싫어. 정말 촌스러워. 쪽팔려."

나는 웃음을 씹어 삼키고 나데시코를 2층 공부방으로 데려갔다. 목덜미에 심상치 않은 농도의 살기를 느끼면서.

　표면상으로는 남편과 원만하게 지내고 있다. 시어머니를 다루는 것도 솔직히 어렵지는 않다. 이대로 영원히 망상 속에서 살아가면 평생 아무 걱정도 없었을 텐데 나데시코가 왕따를 당하는 비상사태가 발생했다.

　얼굴도 성적도 평범하지만 착하게 쑥쑥 자라준 내 자식은 역시 귀여운 법이다. 다음 학부모 모임까지 어떻게든 고무카이 모녀에게 본때를 보여줄 방법이 없을지 나는 디셈버스 스토어, 통칭 버스토로 향하는 전철 안에서 고심했다.

　좁은 버스토 매장 안에서도 벽에 붙은 샘플 사진을 바라보며 고심했다. 구입할 사진은 나데시코가 부탁한 INAZUMA 투어 사진 전부와 삿짱의 새로운 사진 전부다. 매장에는 나 말고도 자바 더 헛처럼 뚱뚱하고 못생긴 여자와, 다른 차원에서 온 게 아닐까 싶을 만큼 예쁜 여자가 있었다. 자바는 그냥 사진만 바라봤고 예쁜 여자는 종이에 번호를 적고 있었다. 살그머니 들여다보자 전부 간다 미라이의 사진 번호였다.

　"……미라잉을 좋아하시나 봐요?"

생판 처음 보는 여자한테 그런 질문을 던진 내 배짱에 흠칫 놀랐다. 여자도 놀란 모양이었지만, 바로 "네" 하고 고상한 웃음을 지었다. 그리고 뜻밖에 여자도 말을 건넸다.

"그 원피스, 작년 봄에 순식간에 품절된 거네요. 나도 갖고 싶었는데. 멋지네요, 좋겠다."

얼굴이 붉어지는 것을 스스로도 금방 알 수 있었다. 내가 오늘 입은 옷은 폭시의 오렌지셔벗 컬러 원피스다. 하지만 인터넷에서 중고로 산 물건이고 언제 나온 건지도 몰랐다. 돈은 있지만 남편은 씀씀이가 인색하다. 십만 엔 넘는 원피스는 꿈도 못 꿀 이야기다. 내가 아무 말도 못 하고 어물어물 웃기만 하자 여자도 다시 빙긋 웃고 계산대로 향했다. 나도 서둘러 사진 번호를 적고 여자를 뒤따랐다. 계산을 마친 후 매장을 나서려는 여자를 불러 세웠다.

"점심 같이 안 드실래요?"

왠지 모르지만 나는 그 미인을 헌팅했다.

사쿠라이라는 이름의 그 미인은 미라잉의 열성팬이었다. 나는 친구와 점심 약속을 했다는 사쿠라이 씨를 따라가서 진짜 '아름다운 상위층 여자들의 고급 런치'를 목격하게 됐다. 사쿠라이 씨의 친구가 바로 스미타니 미야비였던 것이다.

그녀는 회사 조직에서 독립해 자영업을 시작한, 어떤 의미에서 같은 부류에 속하는 남편의 여신이었다. 남편은 스미타니 미야비가 얼마나 대단한 사람인지 시도 때도 없이 떠들어댔다. 게다가 미인이기까지. 나랑 결혼해 놓고 미인을 부러워하기냐고 늘 속으로 투덜거렸지만 실물을 보고서 '여신 맞네' 하고 납득했다.

스미타니 씨는 사쿠라이 씨에게 버스토 봉지를 받아 내용물을 확인했다.

"이렇게 제대로 안 나온 사진도 소장하고 싶어?"

사쿠라이 씨가 물었다.

알고 보니 전부 미라잉 뒤편에 다카야나기 지카라가 희미하게 찍힌 사진들이었다.

"당연하지, 넌 안 사?"

"얼굴을 알아볼 수 있으면 사겠지만, 그 정도로 희미한 건 필요 없어."

설마 그 스미타니 미야비가 셈버, 그것도 노벰버스 스노우화이트의 지카 짱 팬이었을 줄이야. 이야기를 더 들어보니 그녀는 지카 짱을 쫓아다니는 빠였다. 방송, 콘서트, 리허설의 출퇴근길을 기다려 지카 쨩에게 얼굴도장을 찍었다.

나는 같은 셈버이자 벰버이며 부르주아라 불리는 입장인데도, 대화를 듣고 있으니 나와 그녀들이 살아가는 세상 사이에 버티고 선 높은 벽이 실감돼 마음이 무거워졌다. 왜 이 사람한테 말을 걸었을까. 나는 조금이라도 주목을 받고 싶어 대화가 끊어진 틈을 노려 말을 꺼냈다.

"제 남편은 야마다 다쿠로예요."

"어? 누구?"

스미타니 씨가 상쾌하게 웃으며 물었다. 역시 모르는 듯 사쿠라이 씨가 대답했다.

"왜, 가수 있잖아."

그건 요시다 다쿠로다. 야마다 다쿠로의 이름에 아무 흥미도 느끼지 못했는지 두 사람은 다음 무대 일정표를 보며 어디의 표를 누가 확보할지 상의했다. 일정을 정하자 스미타니 씨는 큰일 하나를 마쳤다는 듯 속 시원한 얼굴로 내게 물었다.

"그런데 누구시더라?"

"아까도 말했잖아."

사쿠라이 씨가 못 말리겠다는 표정으로 스미타니 씨를 타박했다. 그녀는 악의 없는 얼굴로 대답했다.

"미안, 지카 짱에 정신이 팔려서 못 들었네."

나는 다시금 자기소개를 했다. 그리고 지금껏 익혀온 '무던하고 자연스러운 화술'을 구사해 내가 지금 직면한 문제점으로 이야기를 유도했다. 돈이 좀 있다고 '부르주아' 운운하며 놀려서 아이가 피해를 입고 있다는 것, 나도 기분이 나쁘다는 것 등. 이렇게 나와 다른 세상에서 사는 사람들은 이해하지 못하겠지만.

그런데 뜻밖에도 두 사람은 내 이야기를 진지하게 들어주었다. 그리고 스미타니 씨는 "그런 사람은 어디든지 있는 법이니까 신경 끄는 게 나아" 하고 힘 있게 말했다. 옆에 앉은 사쿠라이 씨는 왠지 벌레를 씹은 듯한 표정이었다.

"얘는 그런 말썽에 휘말리기가 싫어서 알고 지내는 여자들과 전부 다 절교하고 지금은 나밖에 친구가 없어."

"스미타니 씨도 딱히 친구로 생각지는 않는데. 맘대로 친구 행세 하지 말아줄래? 그리고 스미타니 씨도 나 빼면 친구 없으면서."

"뭐, 그야 그렇지만."

사쿠라이 씨는 성가시다는 표정으로 스미타니 씨에게 저리 가라는 듯 손을 내저었다. 말은 친구가 아니라지만 서로 아주 사이좋아 보였다.

난 친구가 있던가.

두 사람을 보며 생각했다. 맘친(마음이 통하는 친구)이라는 특수한 관계는 결코 '친구'가 아니다. 중학생 때도 고등학생 때도 나를 받아주는 집단에 소속돼 있었지만, 그건 우정이라기보다 손득 계산에 따른 관계였다. 이제는 연락처를 아는 사람이 하나도 없다. 만나고 싶지도 않다.

두 사람은 내 '서민'감 넘치는 이야기에 제법 흥미를 느꼈는지 여러모로 조언해 주었다. 그 갖가지 조언들은 우리 사이의 벽을 넘어 정곡을 찔렀다. 외모가 뛰어난 사람들이 머리도 좋구나 싶어 나는 또 기가 죽었다.

"앗. 어디서 났어?!"

웬일로 술기운 없이 집에 온 남편에게 스미타니 씨의 명함을 보여주자 한번 흘끔하더니, 다시 들여다보고 눈을 반짝이며 물었다.

"오늘 우연히 만나서 안면을 텄어. 자."

나는 휴대전화로 스미타니 씨와 찍은 사진을 보여주었다.

"우와! 실물도 미인이네? 아, 나도 만나보고 싶다."

"응, 미인이더라. 말이 잘 통해서 친구가 됐지. 전화번호도 교환했고."

그녀의 명함에는 전화번호도 사무실 주소도 없다. 달랑 이름과 업무용 메일 주소만 적혀 있을 뿐이다.

스미타니 미야비 가라사대, 내 말을 들어먹게 만들려면 자신이 상대보다 우월하다는 걸 보여주어야 한단다. 그리고 자기 이름을 호랑이로 삼아도 되니까 나보고 영악한 여우처럼 굴라고 했다(다음 무대를 위해 팬클럽 명의를 빌려주는 조건이다).

실제로 그녀의 명함, 그리고 함께 찍은 사진의 효과는 직방이었다. 스미타니 미야비가 누구인지 몰랐던 시어머니마저 '옛 귀족 가문 출신으로 콜롬비아 대학을 졸업한 후 회사를 경영한다'는 설명에 노골적으로 굽실거리는 태도를 취했다. 아들이고 어머니고 권력에 약하구나, 하고 나 자신은 제쳐놓은 채 반쯤 어이없어했다. 이틀 후 나데시코는 새 책가방과 시모무라의 옷을 마련해 의기양양하게 등교했다.

하지만 또 울면서 집에 왔다.

"이번에는 이것 보라는 듯이 서민 행세를 해서 열 받는대."

이제 어쩌면 좋을까. 소파에 앉아 훌쩍훌쩍 우는 나데시코를 달래면서 막막한 기분에 사로잡혔다. 그러나 막막함은 점점 분노로 변했다.

모난 돌이 죄인 취급 받는 사회에서 나는 눈에 띄지 않도록 납작 엎드려 살아왔다. 그 결과 조건 좋은 반려자는 얻었지만, 언제까지고 내 인생은 신통치 못하다. 실제 인생이 멋지고 반짝였다면 나는 분명 디셈버스 연예인을 사랑하지 않았으리라. 남편과 아이를 성심껏 사랑할 수 있었을 것이다.

지금까지 당연하게 어머니의 가르침에 따라 살아왔으므로 나데시코에게도 똑같이 가르쳤다. 여자는 평범한 게 제일이라고. 그 '평범함'은 언제 무너져 버렸을까. 어쩌면 이제 '평범함'으로 돌아가지 못한다는 사실을 받아들이는 게 편하지 않을까.

"……저어, 나데시코. 기라라 짱이랑 정말로 친하게 지내고 싶어? 정말로 기라라 짱이 좋아?"

"싫어. 기라라 짱은 못생겼고, 뚱뚱하고, 촌스럽고, 돈도 없단 말이야. 하지만 따돌림 당하는 건 싫어."

"왜?"

내 질문에 나데시코는 대답하지 못했다. 정확한 말을 찾지 못하는 그 마음은 뼈저리게 잘 안다.

평범한 게 제일이라는 말을 믿고 살아왔다. 나데시코에게도 그걸 강조했다. 하지만 불현듯 거기에 무슨 의미가 있느냐는 생각이 들었다. 사람마다 평범함의 기준은 다르다. 나는 남편보다 삿짱을 사랑한다. 그 마음을 스미타니 씨와 사쿠라이 씨는 자연스럽게 받아들였지만, 다른 사람, 특히 남편과 금슬이 좋은 사람이 보았을 때 나는 전혀 평범하지 않을 것이다. 사람에 따라서는 바람피우는 거냐고 난리를 칠지도 모른다.

"나데시코. 이제 학교 안 가도 돼."

"……뭐?!"

나데시코는 벌겋게 부운 눈을 크게 뜨고 내 얼굴을 응시했다.

"학교에 가는 게 보통이라고 누가 정한 걸까. 가기 싫으면 안 가도 돼. 나데시코가 등교를 거부하면 분명 학교에서도 문제가 되겠지. 그럼 기라라 짱이 나데시코를 괴롭혔다는 게 들통 날 거야. 잘되면 저쪽에서 사과하러 올 테니까 그때까지 집에서 공부하자. 엄마가 공부 봐줄게."

금세 눈물이 쑥 들어가는 동시에 나데시코의 얼굴이 점점 굳어졌다.

"……엄마, 무슨 일 있었어?"

"응? 왜?"

"엄마가 그런 말을 하는 게 이상해서. 아빠랑 무슨 일 있었어?"

"아무 일도 없었어. 그냥 엄마도 기라라 짱 엄마가 마음에 안 들어서."

"왜?"

"못생겼고, 뚱뚱하고, 촌스럽고, 돈도 없거든."

내 대답에 딱딱하게 굳었던 나데시코의 얼굴에 웃음이 번졌
다. 그로부터 한 시간쯤 우리는 고무카이 모녀를 신나게 욕했
다. 엄마가 한편이 되어주어서인지 나데시코는 오랜만에 활기
를 되찾았다.

내 딸은 내가 지켜야 해.

나데시코는 다음날부터 다시 예전처럼 입고 학교에 다니게
됐다. 다음 학부모 모임 때 나는 차 모임에 참석하지 않고 집에
왔다. 그리고 기말고사에서 나데시코는 전 과목을 90점 이상
맞았다.

"가에데 짱이라고, 기라라 짱 패거리한테 따돌림당하는 애가
하나 더 있어. 엄청 예쁘고 머리도 좋아. 처음에는 나도 함께 따
돌렸는데, 미안하다고 사과하고 쉬는 시간에 같이 공부했더니
점수가 이렇게 잘 나왔어."

나데시코는 가져온 시험지를 자랑스럽게 보여주며 아주 기쁜
목소리로 말했다. 나도 기쁨에 겨워 딸의 작은 몸을 꼭 끌어안

았다.

"가에데 쨩은 엄마가 엄청 엄해서 INAZUMA 콘서트에 못 간대. DVD도 없고. 다음에 우리 집에 데려와도 돼? 콘서트도 같이 보러가도 괜찮아?"

"물론이지. 그럼 엄마가 존이 반드시 손을 흔들어줄 만한 부채 만드는 법 가르쳐줄게!"

"앗, 진짜?! 그런 거 만들 줄 알아?!"

"응, 배색이 중요해. 눈에 확 띄어야 하거든. 가에데 쨩이랑 같이 도큐 핸즈(잡화 전문 쇼핑몰-옮긴이 주)에 재료 사러 가자."

분홍색이 좋아! 하지만 오렌지색도 예뻐! 아예 LED전구를 달까? 둘이서 그렇게 떠들고 있는데 문이 열리고 시어머니가 뭔가 하고 싶은 말이 있다는 듯 뾰로통한 얼굴로 들어왔다. 나는 바로 목소리를 높였다.

"앗, 어머님, 나데시코 시험지 좀 보세요. 전부 90점 넘게 맞았어요. 역시 아빠 딸이네요! 저를 안 닮아서 다행이에요!"

"아빠는 됐고 빨리 부채 만드는 거 가르쳐줘, 엄마!"

시어머니는 테이블 위에 있던 시험지를 들고 잠시 복잡한 표정으로 들여다보다가 아무 말도 없이 시험지를 도로 내려놓고 방에서 나갔다. 나데시코는 그 모습을 시야 가장자리로 보고 있었던 듯 내 얼굴로 눈을 돌리더니 "꼴좋다" 하고 기쁜 듯 중얼거렸다.

"엄마, 왜 아빠 같은 사람이랑 결혼했어? 맨날 집에 없고, 할머니랑도 안 맞잖아. 이혼하고 싶다는 생각 안 들어?"

"음, 돈이 많았으니까? 일단 먹고 살 걱정이 없고, 원하는 것도 살 수 있잖아."

"그럼 돈이랑 상관없이 누구랑 결혼하고 싶었어?"

"스노우화이트의 사쓰키 질베르."

삿짱이 미라잉과 결혼했으면 좋겠다고 생각하면서도 그렇게 대답하자 남편 몸에 남아 있던 향수 냄새가 문득 떠올랐다. 눈이 휘둥그레진 나데시코가 정말이냐고 물었다. 나는 고개를 끄덕이며 나데시코의 손을 잡았다.

"있지, 나데시코. 엄마는 사실 돈만 벌어주면 아빠는 있으나 없으나 그만이야. 나데시코가 엄마 편을 들어주면 그것만으로 충분해. 이런 엄마가 못됐다고 생각하니?"

"왜? 나도 딱히 아빠 필요 없는걸. 그것보다 부채! 존이 정말로 손을 흔들어줄까? 어쩌면 그게 인연이 돼서 결혼할 수도 있으려나?!"

반짝반짝 빛나는 딸의 눈을 보고 있으니 가능할지도 모르겠다는 기분이 들었다. 왕따를 극복하고 예쁘고 똑똑한 아이를 자기편으로 삼아 교실의 역학 관계를 싹 뒤집어 버린 나데시코. 내가 결코 할 수 없었던 일을 해냈다. 분하지만 이건 남편의 유전자 덕분이겠지. 상사 사원이라는 일류 직장을 박차고 나와 한 치 앞도 보이지 않는 문필업에 망설임 없이 뛰어든 남편은 지금 분명 바람을 피우고 있다.

별 상관없다. 나도 진심으로 남편을 소 닭 보듯 하고 있으니까.

하지만 나데시코에게 재능을 물려준 것만은 조금 고마워해야겠다 싶었다.

5장

—

오, 나의 뮤즈님

—

사리분별을 할 무렵부터 깨달았다. 난 뚱보에 얼꽝이었다. "왜 이렇게 못생기게 낳았어, 엄마 미워"하고 울면서 엄마를 때리기도 미안할 만큼 엄마도 뚱보에 얼꽝이었다. 심지어 집도 못 살았고 아빠는 주정뱅이였다.

돈 없는 집 아이는 때때로 불결해진다. 나는 뚱뚱하고, 못생겼고, 불결해서 악취가 풍기는 데다, 머리마저 나쁘고, 당연히 운동 신경도 없는 우둔한 아이로, 무척이나 힘든 어린 시절을 보냈다. 괴롭힘조차 당하지 않았다. 너무 이질적인 것에 아이들은 공포를 느낀다. 너무 이질적인 것은 아예 시야에서 배제돼 괴롭힘의 대상에도 끼지 않는다. 당연하지만 친구도 없었다.

좀 더 나이를 먹고 남녀의 구조, 예를 들어, 아이가 생기는 과정을 배웠을 때는 그 못생기고 뚱뚱한 엄마와 관계를 맺고 더군다나 임신까지 시킨 아빠가 약간 위대하게 느껴졌다. 그리고 희망도 보였다. 그런 엄마도 아이를 낳았으니, 내게도 분명 반려자가 생길 거라는 희망이. 그렇게 믿고서 고등학교 졸업과 동시에 아르바이트로 차곡차곡 모은 돈을 털어 상경했다.

열여덟 살에 상경. 지금은 서른다섯 살이고 얼마 지나지 않아 서른여섯 살. 인생의 절반을 도쿄에서 지낸 셈이다. 아무 쓸모도 없이 그저 우둔한 뚱보가 도쿄에서 살아가는 건 돼지가 도움닫기를 해서 자기 밥숟갈을 내던지는 수준으로 어려웠다. 어쨌거나 도쿄에는 대개 노동력이 충분하다. 시급이 낮은 일거리는 몽땅 외국인들이 쓸어가므로 나는 일본인이면서도 외국인인 척하고 일해야 했다. 하지만 중국인이나 한국인이라고 거짓말하면 같은 민족이라 오해해 모국어로 말을 건다. 나는 통가 사람이라고 거짓말하고 빵 공장에서 일하며 방세 2만 엔에 욕실이 없고 화장실은 공용인 연립 주택에서 5년을 살았다.

이런 내게도 특기가 하나 있다. 그건 바로 망상이다.

돈도 없고, 미모도 없고, 쓸모도 없고, 물론 친구도 없다. 그러므로 어릴 적부터 망상이 유일한 오락거리였다. 만약 내가 공주님이라면. 만약 내가 부자라면. 만약 내가 예쁘다면.

그런 망상의 정석에서 출발해 망상력 한계에 부딪치자 나는 책을 읽기 시작했다. 중학교 2학년 때다. 예쁜 삽화가 들어간 소녀 소설과 왕자님과의 사랑을 그려내는 로맨스 소설을 중심으로 책을 읽었다. 다행히 근처에 도서관이 있었다. 바보지만 히라가나와 간단한 한자는 겨우 깨쳤기에 책읽기에 금방 적응했고, 망상 속에서 예쁜 주인공으로 변신하는 데도 금세 익숙해졌다.

하지만 독서를 시작한 지 1년쯤 지나자 역시 한계가 찾아왔다. 나는 결국 우둔한 얼꽝이라 이렇게 멋진 연인이 생길 일은 평생 없으리라는 걸 깨닫고 만 것이다.

얼꽝뚱보도 종류가 다양하다. 이목구비가 아담한 얼꽝뚱보는 화장과 헤어스타일로 어느 정도 커버가 가능하고, 보기에 따라서는 애교 있어 보이기도 한다. 또 이런 얼꽝뚱보는 대개 살빛이 뽀얘서 얼꽝판에서는 귀여운 축으로 분류된다. 가끔은 잘나가기도 한다.

나는 그런 얼꽝뚱보가 아니었다. 큼지막한 이목구비가 젊을 때부터 중력을 못 이겨 축 쳐졌고, 살빛도 검었으며, 얼굴, 팔다리, 항문에 이르기까지 뻣뻣한 털이 수북이 자랐다. 게다가 머리카락은 음모처럼 거칠고 꼬불꼬불하다. 남자와 교제하기는 돼지가 눈깔을 뒤집고 자기 밥숟갈을 꺾어버리는 수준으로 불가능하다. 그런 내가 로맨스 소설을 읽다니 우스꽝스럽기 그지없었다.

나는 결국 로맨스 소설을 읽는 것을 멈췄다. 대신에 BL 소설을 읽게 됐다. 내가 읽던 시절에는 쥬네(주로 남성 동성애를 주제로 한 여성 취향 만화, 소설, 잡지의 명칭에서 비롯된 용어 - 옮긴이 주)라고 부르던 장르였지만, 지금은 BL이라는 명칭이 세간에 침투한 지 오래다.

남자끼리 연애하거나 육체관계를 맺고 서로 묶거나 묶이는 등 자극적인 그 판타지에 나는 금세 빠져들었다. 무엇보다 여자가 개입하지 않는다. 나는 어디까지나 방관자의 입장에서 그들의 연애와 육체관계를 즐길 수 있었다.

그러다 8년 전, 나는 BL을 소비하는 쪽에서 공급하는 쪽으로 돌아섰다. 그리고 3년 전, 공급하는 쪽에서 살아갈 길이 끊겼다.

"정말 죄송합니다."

3년 전 일이다. 편집자의 말이 머릿속에서 의미를 이룰 때까지 20초쯤 걸렸다.

"무슨...말씀이세요?"

"이제 더 이상 오토베 씨께 일을 부탁드릴 수가 없겠네요."

출판사가 있는 상가 빌딩 1층, 공동 휴식 공간에서 팔십 엔짜리 자판기 커피를 든 손에 힘을 주며 편집자의 말을 다시 곱씹었다.

월간 〈미라클 보이즈〉가 다음 달을 끝으로 휴간한다. 다른 작가들은 모회사의 다른 잡지로 스카우트됐지만, 내게는 아무도 손을 내밀어주지 않았다.

"서로 아끼고 사랑하는 미소년이라는 소재가 이제는 시류에 맞지 않습니다. 이미 낡았어요. 하지만 오토베 씨, 아저씨가 나오거나 조폭물 같은 내용은 절대 안 쓰실 거잖아요. 그럼 저희 쪽에서는 이제 무리예요."

말로는 죄송하다면서 그녀는 나를 보지 않았다. 나는 그녀를 보고 있었다. 나보다 못난 여자가 세상에 어디 있겠냐마는, 이 여자는 그중에서도 제법 예쁜 축에 든다. 아담하고 살빛이 뽀얗고 머리털도 직모고, 화장기가 전혀 없는데도 예쁘다. 나는 이미 예쁜 사람을 미워하는 감정에서 해탈한 얼짱이라 편집자가 예쁜 것과 내가 일거리를 잃었다는 것이 그저 쌍으로 슬펐다.

그 후에 무슨 말을 했는지는 기억이 안 난다. 어느덧 혼자 집

앞에 서 있었다. 안에서 텔레비전 소리가 들려왔다. 분명 버라이어티 방송이다. 열쇠를 꽂고 문을 열었다. 철사로 만든 것처럼 비쩍 마른 남자가 쥐색 추리닝 차림으로 텔레비전 앞에 드러누워 흉하게 벗어진 머리를 긁적이고 있었다.

"……다녀왔어."

목소리는 못 들었겠지만 바닥이 삐걱거리는 기척으로 알아차렸는지, 남자가 이쪽으로 몸을 빙글 돌려 "새 연재 결정됐어?" 하고 물었다.

"아니."

"왜? 출판사 갔던 거 아니야?"

몸을 일으킨 남자는 고타쓰(열원을 넣은 틀 위에 이불을 덮은 일본 고유의 난방 기구 - 옮긴이 주) 위에 있던 담뱃갑을 열어 들여다보더니 바닥에 내던졌다.

"저기, 담배."

"……."

나는 가방에서 지갑만 꺼내 다시 집을 나섰다. 지갑 속에는 남자의 새 타스포(담배 자판기 전용 IC카드 - 옮긴이 주)가 들어 있다. 남자의 이름은 가타오카 미치오. 내 이름은 가타오카 마유미(펜네임은 오토베 시로마루)다. 서른 살 때 나는 기적적으로 이 철사 세

공품과 결혼에 골인했다. 그는 소설가 지망생이었다. 아직 소설만으로 먹고살 수 없었던 시절에 아르바이트 하던 곳에서 만났는데, 내가 실은 소설가임을 알자 찰싹 달라붙었다.

소설가래 봤자 나는 BL밖에 쓰지 않고, BL과 성인 잡지를 출간하는 출판사 말고는 인맥도 없다. 그렇게 말해도 그는 "어떤 소설이든 소설은 소설이지, 대단해" 하고 나를 칭찬해 주었다. 그리고 다음날 "읽어봐" 하고 자기가 쓴 원고를 떠맡겼다.

소설 제목은 〈고독한 밤의 버번〉.

세상을 삐딱하게 보는 마흔두 살의 남자 주인공(사연이 있어 무직. 조폭에게 쫓기고 있음)이 위스키 병을 들고 여인숙 골목을 돌아다니고 있자니 선녀처럼 아름답고 순진무구한 세일러복 여고생 세스코가 "아저씨, 그렇게 많이 마시면 몸에 해로워요" 하며 추파를 던진다. 그 후 자유분방한 성격에 여고생이라고는 믿기지 않게 몸매가 풍만한 세쓰코의 친구 시즈에가 나타난다. 두 사람은 남자의 중요 부위를 두고 "이건 내 거야!" 등 의미 불명의 말을 하며 남자 쟁탈전을 벌이다 셋이 함께 격렬한 육체관계에 빠져든다. 남자는 두 여자와 순수한 사랑을 키워나가지만 석 달 후에 세쓰코는 백혈병으로 죽고, 시즈에는 젊고 늠름한 혁명가와 사랑에 빠진다.

'나는 한없이 고독하고 싸늘한 비를 맞으며 젊은 암컷의 육체처럼 정열적인 버번을 꿀꺽 들이켰다.'

이런 내용으로, 마지막 한 문장은 원문을 그대로 인용했다. 이 소설을 단적으로 말하자면 원고지라는 작은 꿈의 상자에 채워진 똥이었다.

아무튼 여러모로 너무 충격적이라 그냥 좋은 것 같다는 반응밖에 내놓지 못하자, 그는 아주 기뻐하며 자신을 인정하지 않는 문학계에 대한 분노를 약 다섯 시간이나 내게 토해냈다. 후일담은 생략하겠지만 이러저러해서 결혼했다.

그는 무직이다. 그리고 문학계가 자신을 인정할 때까지 절필하겠다며 지금은 소설도 안 쓴다. 요컨대 밥벌레지만 일단 도움은 됐다. 나는 그와 만날 때까지 남자의 성기도 항문도 실제로 본 적이 없었지만, 그와 결혼한 덕분에 베드신을 실감나게 묘사할 수 있었다. 하지만 그게 전부다. 결혼의 대가는 너무나 컸다.

당시 나는 깊은 슬픔에 젖어 있었다. 더욱, 더욱 더 큰 슬픔을 느끼면. 분명 무無로 돌아갈 수 있다. 그런 생각으로 담배 자판기를 지나쳐 10분쯤 거리에 있는 서점까지 걸었다. 나보다 책이 잘 팔리는 사람들이 어떤 소설을 쓰는지, 얼마나 차이가 나는지 통감하면 포기할 수 있을 듯했다.

나는 중간 규모의 서점에 들어가 곧장 BL 코너로 향하려고 했다. 그런데 그때 계산대 옆 잡지 진열대가 부르는 것 같은 기분이 들었다. 시선을 주자 아주 비싼 홀로그램을 입혀 라미네이트 가공한 표지가 눈에 들어왔다.

'INAZUMA 올 겨울 데뷔!! 다섯 색깔로 빛나는 벼락에 주목하라!!'

오랜 역사를 자랑하는 아이돌 잡지 〈남작〉에 그런 타이틀이 박혀 있었다. 나는 별 생각 없이 그 잡지를 진열대에서 뽑았다. 이 세상 존재가 맞나 싶을 만큼 아름다운 소년들이 하얀 이를 드러내고 웃는 표지를 넘겨서 훑어보다가 중간쯤에서 손을 멈췄다.

목둘레에 폭신폭신한 흰색 모피가 달린 옷을 입은 네 명의 남자애들. 두 명은 막대 과자 박스를 들고 마주 안은 자세로 쑥스럽게 웃고 있다. 나머지 둘은 어깨동무를 한 채 강렬한 색상의 막대사탕을 서로 입에 넣어주며 웃고 있다. 나도 모르게 침이 꿀꺽 넘어갔다. 달콤한 과자와 사탕을 보았기 때문만은 아니다.

내 망상을 구현한 소년들이 잡지 속에 있었다. 타이틀은 '스노우화이트의 달콤한 겨울 방학'이었다. 나는 눈이 멀어버릴 것 같이 환한 빛에 잠시 넋을 잃었다. 이렇게 예쁜 남자애들이 이 세상에 존재하다니. 내 집에 있는 그 요괴 같은 철사 세공품은 뭐람. 같은 인간이 맞나. 아니, 그렇게 따지면 나도 같은 인간의 범주에는 절대 못 들어가겠지만, 뭐야 이거. 정말 인간인가.

가만히 들여다보고 있다가 웃음 속에 희미한 그늘이 드리운 아이가 있다는 걸 알아차렸다. 황록색과 분홍색의 얼룩무늬 막대사탕을 입에 넣은 아이. 나는 사진 아래 있는 이름을 확인했다. 오후나 마슈였다.

3년이 흐른 현재, 나는 다른 빵 공장에서 아르바이트를 하고 있다. 상업지의 집필 의뢰는 완전히 끊겼다. 열두 권이었던 '오토베 시로마루'의 책도 서점에서 전부 사라졌다. 잃을 것이라곤 거의 없던 내 인생에 남았던 부스러기마저 몽땅 빼앗겼고, 내 보금자리인 작은 연립 주택에는 쉰두 살 먹은 철사 세공품만이 눌러앉아 있다. 책 인세는 그 밥벌레가 모조리 뜯어먹었다.

글을 쓰려면 새 컴퓨터가 필요하다. 글을 쓰려면 새 태블릿 PC가 필요하다. 글을 쓰려면 광회선이 필요하다. 글을 쓰려면 새 HDD(하드 디스크 드라이브)가 필요하다……

나는 그가 필요하다는 것을 전부 마련해 주었다. 하지만 그는 '글을 쓰기 위해' 파일 공유 사이트에서 야동을 내려 받다가 바이러스에 감염돼 컴퓨터를 날려먹었다. 태블릿PC는 담뱃불을 떨어뜨려서 날려먹었다. HDD는 아무 짓도 안 했는데 망가졌다고 한다.

그래도 나는 지금 행복하다.

아무것도 없지만, 지금 내 인생에는 스노우화이트의 마슈와 그의 동료들, 그리고 내 소설을 고대해주는 사람들이 있다.

오후나 마슈, 통칭 맛슈에게 마음을 빼앗긴 그날부터 나는 스노우화이트의 소년들을 모델로 망상 BL 소설을 쓰기 시작했다. 그건 출판사에서 외면당해 다친 마음을 치유하는 데도 도움이 됐다. 쓴 글은 연예인 동인 장르의 관례에 따라 엄중한 비밀번호를 설정해 모바일 사이트에 공개했다.

상업지에 BL 소설을 썼을 때는 "시로마루의 신간 진짜 구려", "애 병신 아냐?", "찐따년 망상 오지네" 등등 매정한 말에 수없이 상처 입었다. 하지만 지금은 같은 취미를 가진 동지들이 내 소설을 목이 빠져라 기다리고, 신작을 공개하면 "재미있어요!", "빨리 다음을 써줘!" 등 상업지 시절에는 상상도 못 했던 따스한 댓글을 받는다.

사이트 안에서만은 나는 뚱보도 얼꽝도 가난뱅이도 아니고 오롯이 소설가다. 입에 풀칠하는 게 고작이라 가욋돈이 없어서 콘서트에는 못 간다. 잡지도 못 산다. 버스토에서 사진을 구입할 수도 없다. 그래서 나는 개인 블로그의 콘서트 후기를 샅샅이 둘러보고, 잡지는 서점에서 서서 읽으며 하나도 빠짐없이 머릿속에 새겨 넣고, 새로운 사진이 입하됐다는 정보가 들어오면 아침 일찍 버스토에 가서 맛슈와 다른 멤버들의 사진을 하루 종일 바라보았다. 그러면서 머릿속으로 소설을 구상했다.

BL에는 '공'과 '수'라는 개념이 있다. 사람에 따라 개념에 차이가 있지만 널리 알려진 바로는 성기를 상대의 항문에 삽입하는 쪽이 공이고 받아들이는 쪽이 수다. 타치, 네코(타치는 가부키의 남자 역할을 가리키는 '타치야쿠'에서, 네코는 여자의 성기를 가리키는 은어에서 비롯됐다는 설이 있다-옮긴이 주)라고도 하는데, 이쪽은 좀 더 현실 사회에 부합하는 데다 여성끼리의 성적 관계에서도 사용되기에 BL애호가들은 별로 선호하지 않는다.

〈남작〉에서 처음으로 맛슈를 보았을 때 정말 수에 딱 들어맞는 얼굴이다 싶어 감동으로 몸이 떨렸다. 하지만 그 후 정보를 수집하면서 그의 본질은 수가 아니고, 나는 내가 사랑하는 아이를 수로 둘 수 없다는 사실을 깨달았다. 그러다 상사병에 걸려 공으로 묘사할 수도 없어졌다.

다행히 스노우화이트에는 사쓰키 질베르라고(이 장르에서는 ZIL

이라는 은어로 부른다) 보크스에서 만드는 인형처럼 수에 딱 적합하게 생긴 아이가 있었다. 처음에는 맛슈와 ZIL의 조합으로 소설을 썼지만 팬덤에서는 간다 미라이, 이 장르에서는 GO라는 은어로 부르는 아이와의 조합이 표준임을 알고 나서 최근에는 내소설 사이트에 GOZIL 조합의 소설만 올린다.

일을 마치고 집에 돌아와 남편이 잠든 후 나는 꽤 오래 전에 써서 묵혀둔 단편을 업데이트했다. 간다 미라이가 무대에서 사고를 당하고, ZIL이 그의 대역으로 들어온 야나기에게 므흣한 짓을 당할 뻔하다 달아나는 장면에서 이어진다.

나의 과거와 미래 (2)

심야의 도쿄에는 가느다란 비가 부슬부슬 내리고 있었다. 어차피 머리부터 발끝까지 땀에 젖었다. 이제 와서 더 젖은들 무슨 상관이랴.

미라이가 입원한 병원은 방금까지 댄스 연습을 하던 스튜디오에서 가까웠다. 야나기에게 키스를 당하고 사과를 받았지만 나는 격해진 감정을 추스르지 못해 스튜디오를 뛰쳐나왔다. 정신을 차려보니 병원 야간 출입구 앞이었다. 이 시간에 면회는 허가되지 않는다. 응급실로 통하는 문 앞에는 빨간 회전등이 돌아가는 구급차가 서 있었다.

우두커니 서 있는 나를 보고 뭔가 착각했는지 바삐 움직이던 직원이 "가족이세요?" 하고 물었다. 나는 진짜 가족에게 미안하다고 생각하면서도 고개를 끄덕였다.

이 건물 어딘가에 위치한 집중 치료실에 미라이가 있다.

나는 간호사가 눈길을 돌린 틈을 노려 그 자리를 벗어나 집중 치료실을 찾았다. 엘리베이터를 타고 해당하는 층으로 향했다. 스스로 생각하기에도 수상하기 짝이 없지만 파자마 비슷한 연습복 덕분인지 엘리베이터에서 내려 간호사와 마주쳤는데도 제지는 없었다.

병원을 이리저리 헤매다 간신히 찾아낸 집중 치료실 팻말 아래의 문이 갑자기 열렸다. 안에서 간호사 두 명이 환자 운반차를 밀고 나왔다.

– 미라이.

나도 모르게 이름을 불렀다. 간호사들이 의아한 표정으로 멈춰 섰다. 나는 개의치 않고 환자 운반차로 달려가 이불 위에 놓인 팔을 잡았다. 링거 바늘이 꽂힌 팔은 어느 틈엔가 많이 가늘어졌다.

– 면회 시간 끝났습니다.

간호사가 날카로운 목소리로 나를 나무랐다. 미라이가 그 여자의 옷자락을 힘없이 잡았다.

– 생이별한 제 동생이에요.

– …… 네?

– 어머니가 달라서 어지간해서는 서로 못 보니까, 사정 좀 봐주세요.

티 나는 거짓말에도 불구하고 중년 간호사 두 명은 감쪽같이 속아 넘어갔다.

– 다른 사람한테는 들키지 않게 조심해요.

그렇게 말하고 나를 미라이의 방까지 안내해 주었다.

– 만나러 와줬구나, 기쁘다.

미라이는 수척해진 손을 뻗어 침대 옆에 앉은 내 뺨을 어루만졌다. 아까 야나기가 만진 곳이다. 나는 그 손을 잡아 내 뺨에 꼭 눌렀다.

– 얼마나 걱정했는지 알아? 이 바보야.

– 미안해.

– 죽으면 어쩌나 했어.

미안하다고 다시 사과하고 미라이는 다른 손으로 내 머리를 쓰다듬었다.

- 내 자리는 누가 메웠어?

미라이의 손을 잡은 내 손이 굳어졌다. 대답할 수 없었다. 불을 꺼놓아 창백한 어둠에 감싸인 방에서 미라이가 나를 쳐다보았다. 그리고 뭔가 알아차렸다.

- …… 야나기 씨?

내가 줄곧 야나기를 좋아했다는 걸 미라이는 안다. 그런 사정까지 통틀어 나를 받아들여 주었다. 하지만 지금 미라이의 얼굴은 질투로 일그러졌다.

- 삿짱, 혹시 야나기 씨가 울렸어? 눈물 자국이 있는데.

입 다물어, 묻지 마. 나는 즉시 미라이의 얼굴을 붙잡고 입술을 포갰다. 건조한 입술이 서서히 내 침에 젖어들었다. 평소 같으면 바로 내 입술 사이로 들어왔을 혀가 들어오지 않았다. 애가 타서 내가 먼저 미라이의 입술을 헤집었다. 하지만 벌어진 입술 사이에서 새어나온 건 오열이었다.

- 미안해, 삿짱. 지켜주지 못해서…….

- 괜찮으니까 안아줘.

- 삿짱.

- 내가 네 것이라는 걸 증명해, 지금 여기서.

나는 미라이의 잠옷 앞섶 사이로 손을 넣었다. 울면서도 미라
이의 그곳은 뜨겁고 단단하게 성이 나 있었다.

　나는 남편과 딱 두 번 잠자리를 가졌다. 결혼 전에 한 번, 혼
인 신고를 한 날에 한 번. 결혼에 앞서 상견례도 안 했다. 둘 다
부모님이 살았는지 죽었는지도 모른다.

　여성 주간지와 두툼한 여성 만화 잡지 등에서 몹쓸 남편은
'술꾼', '노름꾼', '빚쟁이', '폭력남'으로 묘사되기 십상이다. 하
지만 진정으로 몹쓸 남편은 '오로지 아무것도 하지 않는' 남자
아닐까, 내 남편을 보며 생각한다.

　그는 정말 아무것도 안 한다. 애당초 집 밖으로 안 나간다. 청
소년이라면 '은둔형 외톨이'라는 부류에 해당될지도 모르지만,
그는 게임도 인터넷도 하지 않고 집 안에서 그저 담배를 피우며
텔레비전만 본다. 목욕은 일주일에 한 번 정도 한다.

　빵 공장에서 일하는 주부 중에 만날 맞아서 부운 얼굴로 오
는 사람이 하나 있다. 동료들이 이혼하라고 수없이 충고하는데
도 남편이 술도 안 마시고 가끔은 자상하다며 듣지 않는다. 그
녀가 없을 때는 다들 "쟤 정말 한심하다니까" 하고 험담에 열
을 올린다.

하지만 솔직히 부럽다. 폭력이라는 최악의 사태로라도 남편과 맺어져 있다는 것이. 현재 나와 남편은 아무 연결 고리도 없다. 방이 좁아서 한 이불을 쓰지만, 같이 자도 아무 일도 없다. 같이 산들 겨울철에 체온으로 잠자리가 따뜻해지는 정도의 이점 밖에 없다.

남편이 잠든 후 컴퓨터를 켜고 사이트 방문자 수와 박수 댓글(박수 모양의 '좋아요' 표시를 누르면 따로 나타나는 창에 쓰는 댓글―옮긴이 주)을 확인했다. 현재 나와 연결된 세상은 이곳뿐이다. 소설을 올리고, 댓글을 받고, 댓글을 써주고, 다시 댓글을 달기를 기다린다. 굶주린 아이가 길가에서 동냥해 주기를 기다리듯이.

'좋아요'는 많이 눌러져 있지만, 댓글은 '재미있다!', '불타오르네~'라는 짧은 게 두 개, 그리고 장문이 하나밖에 달리지 않았다. 나는 탄식하듯 그 장문의 댓글을 읽었다.

> 🔵 처음으로 박수 댓글을 다네요. ZI님을 빨고 있는 나데시코맘이라고 해요. 다음 회가 올라오길 눈 빠지게 기다렸다니깐요! 시로마루 님의 소설은 언제나 엄청 재미나네요! 어쩌면 그렇게 글을 잘 쓰세요? 프로에 도전해 보시는 건 어때요?(아, 오지랖이 너무 넓었나요?) 어제 올리신 후편

도 정말 두근두근 했어요. GOZIL 최고 ㅠ.ㅠ 어쩌면 작년

도 11월 감사제에서 실제로 그런 사고가 일어났을 수도 있

었겠네요. 그렇게 생각하니 잠도 못 잘 지경이더라고요.

아무튼 시로마루 님이 묘사하는 ZIL 님이 제일 귀여워서

심쿵심쿵 ㅜ.ㅜ 앞으로도 기대하겠습니당. 아, 프로 작가

가 되면 알려주세요 ♪ 책은 안 읽지만 시로마루 님의 책

이라면 읽고 싶네요.^^ 그럼 이만 총총

　어, 뭐야. 이거 무슨 암호인가? 세로 드립 같은 건가?

　나는 그 댓글을 두 번 다시 읽었다. 암호도 아니거니와 세로

드립도 아니었다.

　뭐지, 업계 분위기를 못 읽고 인싸 느낌 팍팍 풍기는 이 댓글

은. 그리고 이름도 나데시코맘이라니. 이런 호칭은 주부 취향의

정 떨어지는 만화에서밖에 본 적 없다. 내가 알고 있는 세상과

는 너무 동떨어져서 평소 같으면 기뻐야 할 댓글을 보고도 마음

이 몹시 무거워졌다.

　그래도 댓글을 달아주었으므로 사이트의 한 마디란에 '박수

답변' 기능으로 댓글을 썼다.

ㄴ 🧑 나데시코맘 님, 이런 벽촌에 오신 걸 환영합니다! 늘 읽어주고 계시는군요! 우리 ZIL님을 사랑해 주셔서 감사해요. 프로라니 당치도 않죠;; 하지만 감사해요. 기쁘네요. 앞으로도 댓글 기다릴게요♪

내 지금 심경과는 어울리지 않게 활기찬 문장을 기계적으로 적고 등록 버튼을 눌렀다.

'프로라니 당치도 않죠.'

내가 쓴 문구가 떠올라 한심함에 눈물이 쏟아질 뻔했다.

옛날에 나는 꿈이고 희망이고 아무것도 없었다. 그저 세상 한 구석에서 무의미하게 살다가 아무도 아까워하지 않는 죽음을 맞으리라 생각했다. 도중에 자살할지도 모르겠다는 예감도 들었다.

비참했다. 이럴 줄 알았으면 프로가 되지 말 걸 그랬다. 화사한 일러스트로 꾸며진 내 책이 서점에 진열됐을 때, 어쩐지 눈부시고 간질거리는 기쁨을 차라리 몰랐다면 좋았을걸.

눈물을 참으며 컴퓨터를 껐다. 그리고 자고 있는 남편 옆에 누웠다. 여느 때 같으면 고마웠을 이불의 온기가 지금은 그저 한없이 울적하게 느껴졌다.

나는 빵 공장의 양과자 라인에서 매일매일 하염없이 바나나 껍질을 벗긴다. 다른 회사의 공장에서는 컨베이어 벨트에 실려 오는 단팥빵에 하염없이 벚꽃절임을 얹는 작업을 했다. 가끔 라인이 변경돼 샌드위치에 오이를 끼워 넣는 작업도 했지만, 바나나 껍질 벗기는 작업이 나한테 제일 잘 맞는 것 같다.

바나나 껍질을 손으로 벗긴다. 과육을 입에 넣는다. 삼킨다. 바나나를 먹을 때 필요한 작업이다. 이만큼 므훗한 요소로 가득한 과일이 또 있을까. 엄밀히 말하면 귤과 포도 등도 똑같은 작업이 필요하지만, 바나나는 모양부터가 19금이다. 순진한 남고생이라면 "바나나……으아, 창피해!" 하고 얼굴을 붉힐 테고, 엉큼한 남고생이라면 "바나나, 크흐흐흐" 하고 웃겠지. 고등학생뿐만 아니라 엉큼한 아저씨도 바나나는 '크흐흐흐' 카테고리다.

옛날에 〈과일 사냥〉이라는 에로 BL의 플롯을 썼다가 퇴짜 맞은 적이 있다. 인간이 의인화된 과일을 사냥한다는 내용이다.

– 자, 사냥을 시작합시다.

다양한 종류의 과일을 재배하는 드넓은 과수원의 주인이 의기양양하게 외치자 우렁찬 팡파르가 울려 퍼진다. 팡파르를 신호로 달아나는 과일들을 사냥꾼들이 차례차례 덮친다.

- 바나나가 그쪽으로 갔다!

- 쫓아! 놓치지 마!

너무 열심히 달린 탓인지 일부 벗겨진 자신의 껍질을 밟고 넘어지는 바나나.

- 딸기야, 너만이라도 달아나!

- 싫어, 바나나. 널 두고 갈 수는 없어!

딸기는 바나나를 부축해 함께 달아나려 하지만 금방 발견된다.

- 찾았다, 바나나다! 딸기도 같이 있어!

바나나와 딸기를 둘러싼 사냥꾼들이 인정사정없이 바나나 껍질을 쭉쭉 벗긴다. 은근한 단내가 풍기는 하얀 속살이 드러나자 남자들은 그 육덕 좋은 몸을 게걸스럽게 탐한다.

- 바나나!

- 따, 딸기……, 도망…… 쳐…….

서서히 작아지는 바나나의 필사적인 외침에 딸기는 눈물을 꾹 참고 도망치려 하지만 이미 늦었다. 남자의 손에 민감한 꼭지를 붙잡혀 숨만 헐떡거릴 뿐 달아나지 못한다.

- 빤질빤질하니 빨갛게 무르익었군. 그럼 어디 먹어볼까.

- 싫어어엇! 아웃, 아아아앗!

　무참하게 먹히고 만 바나나와 딸기. 둘은 함께 과일 파르페로 재탄생해 은 스푼에 담겨 어느 미소년의 미각을 즐겁게 하는 것이 꿈이었다. 남자들이 떠난 뒤에 남겨진 껍질과 꼭지는 손을 마주잡고 다음 생에 재회하기를 맹세한다.

　초반부를 많이 생략했지만 대강 이런 이야기다. 바나나를 보고 "크흐흐흐" 웃는 타입이 사냥꾼이고 "으아, 창피해" 하고 부끄러워하는 쪽이 과일이다. 일확천금을 노리고 제법 진지하게 플롯을 짰지만, 결과적으로 대번에 퇴짜를 맞았다.

　만약 돌아갈 수 있다면 난 프로로 돌아가고 싶은 걸까.

　줄기차게 바나나 껍질을 벗기며 생각했다. 요전에 주부(나데시코맘)가 달아준 댓글을 본 후로 그 의문이 머릿속에서 떠날 줄을 몰랐다.

　분명 지금의 나는 맛슈에게 도피했을 뿐이다. 맛슈가 있으면 행복하다고 자신을 세뇌해 소설 집필 의뢰가 끊겼다는 현실에서 눈을 돌리려 하고 있다. 그날 서점에서 맛슈를 만난 건 운명이었지만, 출판사에게 버려지지 않았다면 서점에는 가지 않았다. 만나지 않았다. 맛슈에게 도피할 일은 없었다.

바나나 수천 개의 껍질을 벗기고 집으로 돌아와 무거운 기분으로 컴퓨터를 켜자 소설도 일기도 업데이트하지 않았는데 또 '나데시코맘'의 댓글이 달려 있었다. 겨드랑이가 땀으로 축축해졌다. 악의 없는 말에 또 상처를 입으면 미쳐버릴 것 같다고 생각하면서도 어디선가 희망을 찾을 수 없을까 싶은 마음으로 문장을 읽어나갔다.

시로마루 님. 친절한 대댓글 감사해용♪ 죄송하지만 솔직히 힘들어서 이 캐릭터 그만둘게요. 다시 인사드립니다. 저는 긴님을 덕질하고 있는 35세 전업주부입니다. 이름은 야마다라고 하고요. 갑작스레 정말 죄송합니다만, 시로마루 님, 올해 '스타☆레볼루션' 가시나요? 저는 합쳐서 다섯 번 가는데, 마지막 공연만 딸이 못 가서 표가 한 장 남았어요. 같이 가는 친구들은 전부 노벰버스를 좋아하는 셈버인데요, 주변에는 비밀이라 다른 친구에게는 제안할 수 없는 상황이에요.

마지막 공연은 예매 전쟁이 치열했다는데, 혹시 표를 못 구하셨다면 저희랑 같이 안 가시겠어요? 이런 아줌마들과 같이 가기 싫다 등등의 이유로 거절하셔도 상관없습니다.

그럼 답변 기다릴게요.

맞다. 다음주부터 INAZUMA의 호시가 주연을 맡은 뮤지컬 공연이 시작된다. 호시의 단독 주연에 스노우화이트 멤버들이 다른 배역을 맡는다. 가격은 분명 만 엔이었다. 내게는 고액이다. 하지만 지금 일하는 빵 공장의 일급은 제법 괜찮다. 그나저나 정말 요전번에 댓글 단 사람 맞나. 나는 그 댓글을 세 번쯤 다시 읽고 진지하게 고민했다.

생면부지인 나와 공연을 같이 보자는 사람이 있다. 그건 기쁘다. 하지만 나의 이 추악한 몰골을 보면 분명 떠나갈 것이다. 추악함에 놀라 외면당하는 데는 익숙하다. 하지만 제 발로 그러한 시선 속에 뛰어드는 건 피하고 싶다. 얼뜬보로 35년을 살아왔다고 해서 상처 입지 않는 것은 아니다.

어떻게 하면 모나지 않게 거절할 수 있을까 고민하다 '돈이 뚝 떨어져서'라는 이유로 못 가겠다는 댓글을 달았다. 하지만 몇 시간 후 '그럼 당일에 표 값을 절반만 지불해도 된다'는 댓글이 달렸다. 놀라서 인터넷 경매 사이트에 들어가 마지막 공연의 표를 찾아보았다. 최저 4만 엔, 최고 14만 엔의 가격이 붙어 있었다. 거의 내 한 달 치 수입에 가깝다.

안 가면 후회할지도 몰라.

14만 엔에 혹한 것은 아니지만 나는 그들을 모델로 소설을 쓰면서도 지금까지 한 번도 실물을 본 적이 없다. 콘서트도 공연도 보러 가지 않았다. 남이 블로그에 쓴 후기를 읽고 망상력을 구사해 간 셈 친다. 그걸로 만족했다.

일단 나는 다시 댓글을 달았다.

> ㄴ 🙎 가고 싶은 마음은 굴뚝같아요. 하지만 저는 정말로 장
> 난 아닌 얼꽝에 뚱보라서 저랑 같이 있으면 나데시코
> 맘 님까지 창피를 당할지도 몰라요.

거기까지 쓰고 문득 기척을 느껴 돌아보자 남편이 컴퓨터 화면을 들여다보고 있었다. 남편이 있다는 걸 지금까지 까맣게 잊고 있었다. 부리나케 모니터를 끄고 "왜?" 하고 물었다.

"소설 쓰는 게 아니구나."

"……."

"누구랑 어디 나가?"

"……응, 아마도."

"그럴 여유 있으면 소설이나 쓰지? 당신 대체 몇 년이나 일을 안 하는 거야?"

"당신이야말로 몇 년을 놀고먹었는지 알아? 이 쓰레기야!"

나는 남편을 후려갈겼다. 얼굴을 벽에 세게 부딪혀 코피를 흘리며 끙끙대는 그의 목덜미를 붙잡아 현관문 밖에 내팽개쳤다. 다만 머릿속에서.

"3년……이지."

실제로는 그렇게 대답하고 그가 내 뒤에서 물러나 텔레비전 앞으로 돌아가기를 기다렸다. 남편은 과장되게 한숨을 한 번 쉬고 느릿느릿 물러났다. 텔레비전에서 요즘 인기 있는 코미디언의 유행어가 크게 들려왔다.

그냥 가자. 얼짱에 뚱보라고 여겨도, 경멸당해도 상관없으니까 공연을 보러 가자.

나는 방금 적었던 글을 지우고 긍정적인 답변을 작성해 등록했다.

그로부터 공연에 가기까지 3주간, 나는 약 3년 만에 내가 쓴 책을 다시 읽었다. 남편이 일하라고 해서 그런 건 절대 아니다. '나데시코맘' 즉, 야마다 씨에게 나는 원래 프로였다고 말하고 싶었기 때문이었다.

대부분 미소년들이 주인공인 학원물이지만, 편집자의 요청으로 유행하는 아랍물과 결혼물도 한 편씩 썼다. 그 두 권만은 잘 팔려서 출판사도 재고를 다 털었다.

원래 멍청하다 보니 내 책인데도 읽고 내용을 이해하는 데 시간이 제법 걸렸다. 3주일 걸려서 읽은 열두 권 중에 제일 마음에 드는 건 데뷔작이었다. 유치원에 다닐 때부터 친구였던 두 소년이 초등학생 때 한 번 헤어졌다가 고등학생 때 재회한다. 쑥스러워 서로 말도 잘 못하는 시간을 보내다 둘 다 '이건 혹시 사랑?' 하고 깨닫고서 마침내 육체관계로 발전한다는 내용이다.

스스로 생각하기에도 이 책은 눈부시게 빛났다. 아무 잡념 없이 좋아하는 이야기를 쭉쭉 써나갔다. 이걸 썼던 무렵에는 길을 지나가는 남고생 한 쌍이 죄다 커플로 보였다. 그때 그 설렘은 어디로 사라져버린 걸까.

공연 전날인 토요일, 나는 큰맘 먹고 이웃 역에 있는 대형 마트로 향했다. 평소는 걸어갈 수 있는 상점가나 너무 초라해서 서글플 만큼 작은 생협에서 장을 본다. 번쩍번쩍하니 세련된 대형 마트에는 발을 들여놓기도 무서웠다.

안으로 들어가자 오른편은 이불 매장, 왼편에는 시세이도와 코세 등의 화장품 카운터가 늘어서 있었다. 아무리 생각해도 점포 배치가 잘못된 거 아닌가 싶었지만, 덕분에 마음이 조금 가벼워져 어색한 걸음걸이나마 화장품 코너로 향했다. 괜찮다, 몸은 씻었다, 머리도 감았다, 옷도 세탁한 걸로 입고 왔다.

"어서 오십시오. 천천히 구경해 보세요."

카운터 안에 있던 BA(뷰티 어드바이저)는 내 모습에 딱히 놀라는 기색 없이 전자 음성 같은 목소리로 말했다.

"찾으시는 물건이 있으시면 말씀해 주세요."

나는 결심하고 머리를 뒤로 잡아당겨 묶은 그 BA에게 말을 걸었다.

"저, 저기요."

콧등에 진땀이 송골송골 맺히고 겨드랑이가 축축하게 젖었다.

"네에?"

"어, 어, 전부, 주세요."

"전부라고 하시면."

BA는 새삼 내 모습을 훑어보았다. 그리고 "앗" 하고 소리치더니 "알겠습니다, 맡겨주세요" 하며 내게 웃음을 지었다.

그 BA는 클렌징 오일, 화장수, 에멀전, 크림, 메이크업 베이스, 액체 파운데이션, 파우더, 아이브로우, 아이라이너, 마스카라, 뷰러, 아이섀도, 블러셔, 립글로스, 족집게, 전기 면도기 등을 권했다. 하지만 거기서 끝이 아니라 카운슬링 등을 포함해 두 시간이 걸렸다. 그 정도로 내 얼굴이 심각했던 모양이다. BA에게 화장을 받은 후 나는 난생 처음으로 빤히 바라본 거울 속의 내 얼굴에 놀랐다. 비교적 멀쩡했다. BA는 기초 화장품 사용 순서를 종이에 적으며 말했다.

"아무튼 메이크업 베이스를 바르면 모공은 가려지니까 힘내세요."

무슨 힘을 내야 할지 잘 모르겠지만, 아무튼 나는 힘을 내야 할 모양이므로 "네" 하고 대답했다.

그다음은 옷을 사러 갔다. 이쪽 매장에서도 두려워하던 사태는 발생하지 않았다. 실은 미용실에도 갈 생각이었지만, 마트를 나섰을 무렵에는 몸도 마음도 이미 녹초였으므로 화장품과 옷으로 가득한 쇼핑백을 끌어안고 곧장 집에 돌아갔다.

히비야. 그곳은 등 뒤로 신의 거처가 보이는 거리다. 칙칙한 담홍색 벽이 서양의 성을 연상시키는 대형 극장 유리문에는 '오

늘 최종 공연'이라는 종이가 붙어 있었다. 아직 오픈 전이다. 일
행을 기다리는 듯한 여자애와 '표 파세요'라고 적힌 작은 종이
를 들고 서 있는 여자애들 사이에서 공들여 화장하고 새 옷을
입은 나도 야마다 씨의 전화를 기다리고 있었다. 처음 와보는
동네다 보니 너무 일찍 도착했다.

두근두근 긴장된 마음으로 주변을 관찰했다. 아주 예쁜 여자
애가 있는 한편, 놀랍게도 나만큼 얼쩡뚱보도 드문드문 눈에 띄
었다. 하지만 그 얼쩡뚱보들은 해코지 당하는 일 없이 명랑한
얼굴로 웃으며 일행과 이야기를 나누고 있었다. 일행들의 얼굴
에도 못마땅한 기색은 없었다.

긴장이 풀렸다. 하지만 휴대전화가 울린 순간 긴장은 다시 정
점에 달했다.

"여, 여보세요."

"아, 시로마루 씨세요? 야마다예요. 지금 어디 계세요? 무슨
옷 입으셨어요?"

"그… 그러니까 입구 앞에 녹색 코트를 입고… 그림물감처럼
진한 색깔이에요."

"아, 네네. 알겠네요. 찾았어요."

내가 뭐라고 대꾸하기도 전에 전화가 뚝 끊겼다. 콧등에 땀이

맺혔다. 오금도 땀에 젖었다. 나는 고개를 숙인 채 야마다 씨가 말을 걸기를 기다렸다. 또랑또랑한 목소리였다. 내가 먼저 발견할까 봐 무서웠다.

"시로마루 씨세요?"

시야에 검은색 부츠가 들어왔다. 그 뒤편에서 역시 부츠를 신은 발이 걸음을 멈췄다. 나는 그제야 고개를 들었다.

"아, 네."

야마다예요, 하고 미소 짓는 여자는 아주 친해지기 쉬운 인상이었다. 별다른 특징 없이 누구라도 호감을 품을 만한 타입. 하지만 "같이 관람할 친구예요" 하고 소개한 뒤쪽의 두 사람을 보고 나는 가슴이 철렁했다. 각각 파란색과 표범 무늬 모피를 입었다. 게다가 파란색은 연예인도 능가할 만큼 어마어마한 미인, 표범 무늬 쪽은 잡지 모델 같은 미인이었다.

"시로마루입니다."

자기소개 하는 목소리가 목구멍으로 완전히 기어들어간 건 내 목소리가 작았기 때문만은 아니다.

"앗, 자바."

표범 무늬가 그렇게 중얼거렸기 때문이다.

"아, 진짜다, 자바다."

모피를 입은 두 사람에게 가려서 보이지 않았지만 그 뒤편에도 한 명 더 있는 모양이다.

"어, 하지만 코트 색깔을 보면 자바라기보다 모리조(2005년 아이치 엑스포의 마스코트 중 하나. 몸 색깔이 녹색이다 – 옮긴이 주) 아닌가? 귀엽다."

……자바가 뭐지.

물어보려고 입을 열려다가 귀엽다는 말을 듣고 놀랐다.

야마다 씨는 틀림없이 나를 보고 귀엽다고 말했다. 모리조도 자바도 모르지만, 나는 난생 처음으로 들어본 그 말을 곰곰이 음미했다.

"어휴, 이제야 좀 살겠네. 망할 부르주아 세 명이랑 내내 같이 있으려니 솔직히 마음이 편치 않았는데, 당신이 와줘서 다행이야. 나랑 동류의 냄새가 나."

뒤에서 나온 거칠거칠한 갈색머리 여자가 마시코라고 자기소개를 하며 친근하게 내 팔을 잡았다. 확실히 다른 세 명보다 옷이 검소하니 서민 냄새가 풍겼다. 나도 안심했다.

"그럼 들어가자."

은쟁반에 옥구슬 구르는 듯한 목소리가 들렸다. 파란색 모피를 입은 여자가 발걸음을 휙 돌려 극장으로 이어지는 짧은 계단을 올랐다. 거기만 레드카펫이 깔려 있는 것처럼 보였다.

좌석은 1층 중앙 블록의 열두 번째 줄이었다. 공연 시작을 알리는 부저와 함께 극장 내부 조명이 꺼졌다. 웅성거리던 소리가 사그라지고 이곳저곳에서 두구두구두구, 하고 드럼을 연타하는 소리가 울렸다. 박수 소리와 함께 막이 올라갔다. 눈부신 플래시라이트에 비치는 출연자들 중 가운데에서 오른쪽으로 세 번째. 나는 처음으로 맛슈의 실물을 보았다.

나는 그를 뚫어져라 응시했다. 지금까지 잡지와 사진을 보고 눈에 새겨온 어느 맛슈와도 달랐다. 우선 배역을 위해서인지 머리를 짧게 잘랐다. 예전에는 어깨에 닿을 만큼 장발이라 부드러운 생김새 속에 다크함을 감춘 그늘진 미소년 느낌이었다. 지금은 180도 다르게 와일드한 분위기다. 잘 어울린다.

흰색 턱시도를 입은 그들은 활짝 웃는 얼굴로 춤추기 시작했다. 주변의 관객들이 일제히 오페라글라스를 무릎 위에 내려놓고 손뼉으로 박자를 맞추었다. 나도 따라했다.

그 후로는 어쩐지 혼이 쏙 빠질 것 같았다. INAZUMA의 호시는 무대 위에서 사고를 당해 좌절한 왕년의 톱스타 역할이다. 스노우화이트 멤버들 다섯 명은 우연히 그를 만나 뮤지컬 배우의 꿈을 품는 노숙자 소년들 역할이다. 호시를 밀어내려고 온갖 심술을 부리는 라이벌 역할은 야나기였다.

맛슈가 노래한다. 맛슈가 춤춘다. 맛슈가 연기한다. 평소 내 머릿속에서만 살고 있던 간다 미라이와 ZIL님 등 다른 멤버들도 지금 내 눈앞에서 이마에 땀을 흘리며 춤추고 있다. 말하고 있다. 마치 꿈같다.

하지만 계속 맛슈를 보고 있자니 주체할 수 없이 괴로워졌다. 그때, 잡지 속에서 웃고 있던 맛슈에게 그늘이 드리웠다고 멋대로 망상하며 매달렸다. 그런 이상을 그에게 밀어붙였다. 하지만 지금 맛슈는 빛 속에서 눈부시리만치 빛나고 있다. 그늘은 어디에도 보이지 않는다.

"밖으로 나가죠? 맛있는 과자 사 왔는데."

1막이 끝나고 다시 불이 들어온 후에도 야마다 씨가 어깨를 두드릴 때까지 나는 좌석에서 일어설 수 없었다.

"아, 네."

나는 허둥지둥 일어나 야마다 씨를 따라 로비로 나갔다. 다른 세 명은 이미 로비의 소파를 확보해 미니 도라야키(둥글납작하게 구운 반죽 사이에 팥소를 넣은 화과자─옮긴이 주) 같은 과자 상자를 펼쳐 놓고 우리를 기다리고 있었다.

"오늘의 과자는 호텔 세이요긴자의 벌꿀 마카롱."

도라야키가 아니었다. 하나 받아서 포장지를 벗기고 입에 넣었다. 혀 위에서 사르르 녹는 마카롱은 믿기지 않을 만큼 맛있었다. 이런 보물 같은 과자를 흥분한 말투로 수다를 떨면서 태연하게 먹는 이 여자들은 아무리 생각해도 나와는 살아가는 세상이 다르겠지만, 작심하고 야마다 씨에게 말을 꺼냈다.

"저어, 사실은 저 프로예요, 소설."

"앗, 진짜요?!"

"어, 무슨 이야기야?!"

시선이 일제히 집중됐다. 얼굴이 불타듯 달아올랐지만, 나는 고개를 끄덕이고 가방에서 문고본 한 권을 꺼냈다. 요전번에 재독했을 때 제일 마음에 들었던 데뷔작을 가져왔다.

"우와, 짱, 짱, 짱이다. 그럼 제가 정말로 쓸데없이 오지랖을 부렸던 셈이군요. 무례한 소리를 적어서 어쩐지 미안하네요."

"아니요, 그, 정리 해고라고 할까, 발행처에서 잘렸거든요. 벌써 3년이나 일이 없어요."

야마다 씨가 가져간 책을 다른 세 사람도 돌려보았다. 다들 굉장하다고 감탄했다. 눈물이 날 것 같았다. 그때 "앗, 옛날 생각나네" 하는 목소리가 약간 떨어진 곳에서 들렸다. 이번에는 모두가 일제히 그쪽을 바라보았다. 먹다 남은 포도주스를 든, 나와 비슷한 수준의 얼짱뚱보가 싱글싱글 웃으며 이쪽을 보고 있었다.

"느닷없이 죄송해요. 그 책을 엄청 좋아했었거든요. 오토베 시로마루 맞죠? 혹시 신간 소식 모르세요?"

너무 놀라서 말문이 턱 막혔다. 내가 아무 말도 못 하자 야마다 씨가 내 어깨를 탁 치며 말했다.

"이 분이 이 책 작가래요."

몇 초 후 꺄아아아, 하고 오줌을 지릴 듯한 환희의 비명소리를 들으며 나는 손바닥으로 얼굴을 가리고 소리 죽여 울었다. 너무 기쁜 나머지 동요했다. 그래도 제2막은 정신 똑똑히 차리고 봤다.

스노우화이트가 연기하는 노숙자 소년들이 첫 무대에 섰다. 하지만 야나기의 음모로 또 무대에서 사고가 발생한다. 사고에 휘말린 호시와 스노우화이트 다섯 명은 냉동 인간으로 보존돼 80년 후에 깨어나게 된다. 제3차 세계대전에서 패배해 황폐해진 일본에서 그래도 그들은 노래하고 춤춘다. 엔터테인먼트가 누군가의 희망이 되도록.

아주 혼돈스러운 내용이었다. 하지만 전부 '멋지다'고밖에 표현할 길이 없었다.

엔터테인먼트가 누군가의 희망이 되도록…

아까 '오토베 시로마루'와 만난 여자는 고작 스무 살이었다. 중학생 때 어쩌다 내 데뷔작을 구입해 바로 푹 빠져들었다고 한다. BL을 좋아한다는 자각은 있었지만 여러모로 자극적인 작품만 출판되는 가운데, 단순히 '소년애'라고 호칭할 수 있는 작품은 접할 기회가 없었다고 한다. 그러다 오로지 아름다운 소년이 아름다운 소년과 사랑을 키워나가는 내 책을 접했다.

"소원 성취했어요, 아아, 내 취향을 이해해 주는 사람이 있구나 싶었다니까요."

그녀는 그렇게 말하고 이런 내게 악수를 청했다. 뚱뚱하고 못생기고 비굴하고, 매일 하염없이 바나나 껍질만 벗기는 내게.

고맙다고 나는 그녀에게 말했다. 그녀도 고맙다고 말해주었다.

기립 박수 속에서 막이 내려간다. 끊이지 않는 박수를 받으며 다시 막이 올라갔다.

"오늘 와주셔서 정말 감사합니다."

여러분 덕분에 무사히 마지막까지 공연을 마쳤다고 호시가 머리를 깊이 숙이자 다시 커다란 박수가 일었다.

"오늘 와주신 여러분께 멋진 소식을 알려드리겠습니다."

박수가 그치고 불안과 기쁨이 뒤섞인 술렁임으로 극장이 가득 찼다. 호시가 옆에 서 있는 간다 미라이에게 마이크를 넘겨주었다.

"여러분, 안녕하세요. 스노우화이트의 간다 미라이, 미라잉입니다. 호시 선배가 주인공인 공연에서 이런 소식을 알리려니 죄송하지만, 내년 2월에 저희 스노우화이트의 단독 콘서트가 열립니다!"

"꺄야야야~~~!!"

사방팔방에서 비명이 터져 나왔다. 아마 나도 따라서 소리를 질렀을 것이다. 오른쪽 옆에서 파란색 모피(스미타니 씨)와 표범 무늬(사쿠라이 씨)가 손을 마주잡고 폴짝폴짝 뛰었다. 왼쪽 옆에서는 마시코 씨와 야마다 씨가 역시 손을 마주잡고 불끈 움켜쥔 주먹을 쳐들었다. 나는 무대 위에 있는 맛슈를 멍하니 바라보았다.

"이번 콘서트에 성공하고, 두 번째, 세 번째 계속 성공시켜 나가면 저희의, 그리고 팬 여러분의 꿈이 이루어질지도 모릅니다. 여러분 부디 응원 부탁드릴게요! 꼭 와주세요!"

"갈게!!" 하고 외치는 소리가 여기저기서 들렸다. 그들의, 그리고 팬인 우리들의 꿈. 그건 아마도, 아니 분명 메이저 데뷔가 될 것이다. 거의 동기인 INAZUMA가 3년 전에 데뷔했다. 그 뒤편에서 계속 열심히 달려온 그들.

맛슈. 부디 그대로 계속 빛을 받으렴. 나는 소망했다. 그 푹신 푹신한 모피가 달린 화려한 흰색 의상을 계속 입고 있으라고, 빛이 비치는 길을 걸어가라고. 그럼 널 길잡이 삼아 나도 앞으로 나아갈 수 있다.

다함께 저녁을 먹고 자정이 넘어 집에 돌아왔다. 집에는 아직 불이 켜져 있었다. 평소 같으면 남편은 벌써 잠들었을 시간이었다.

현관문을 열자 안방 장지문이 열리고 남편이 발을 쿵쿵 울리며 다가왔다.

"늦었네."

"응."

현관 바닥에서 신발을 벗으며 대답했다. 공연의 여운으로 현기증이 났다.

"뭐야 그 꼬락서니는?"

"샀어."

"어디서 샀어? 얼마나 들었는데?"

"옆 동네 야스코. 합쳐서 5만 엔쯤."

"뭐라고? 그런 돈이 어디 있었어? 그거면 새 아이패드를 살 수 있었을 텐데."

안으로 들어가 코트와 타이츠도 벗었다. 수면 양말을 신은 후 나는 뒤에 들러붙어 있는 남편을 돌아보았다.

"나, 소설 쓸 거야."

"뭐?"

극장에서 나와 다함께 식사를 하면서 나는 왜 출판사에서 내쳐졌는지를 설명했다. 뜻밖에도 가장 친절하게 들어준 사람은 파란색 모피를 입은 스미타니 씨(지카 짱의 퇴근길을 기다리느라 식사 참석은 늦었다)였다. 그리고 두 번째로 친절하게 들어준 사람은 표범 무늬의 사쿠라이 씨였다.

"다른 출판사 신인상에 응모해 보면 되잖아. BL 레이블은 제법 많을 텐데."

"그걸 어떻게 알아, 미야비 씨?"

사쿠라이 씨가 물었다.

"내 고객 몇 명이 애호가거든. 왜, 전에 같이 갔었던 피부 미용실의 오너도 그렇고."

"어, 미나토 씨가?"

"응. 고객 서비스 차원에서 꽤 많이 읽고 장단도 맞춰줬어."

대체 무슨 회사를 운영하는 거냐고 지적하기도 전에 스미타니 씨는 놀랄만한 기억력으로 각 출판사의 특징을 줄줄 읊었다. 아까 그 스무 살 먹은 여자의 이야기가 맞다면 당신한테는 C사의 레이블이 잘 맞는다고.

"만약 미나토 씨에게 인정받을 만한 작품을 썼는데도 출판사가 난색을 표명한다면, 내가 거기에 프레젠테이션 해줄게. 대신이번 달 안에 노벰버스 팬클럽에 가입해서 2월 콘서트 때 명의 빌려줘. 다섯 명분이면 한 명 정도는 제일 좋은 자리를 얻을 수 있겠지."

남편은 내 얼굴을 빤히 바라보고 있었다. 정말 형편없는 아저씨가 됐다. 나는 왜 이런 인간과 같이 살고 있는 걸까 싶었다.

"……드디어 쓰는구나."

남편은 쥐어짜내듯이 중얼거리고 안방에 들어가서 텔레비전 음량을 소거한 후 다시 돌아왔다.

"목욕하고 올게."

"응."

조용해진 집 안에서 나는 새로운 소설의 소재를 생각했다. 바나나 농장의 이국적인 소년 이야기를 쓰기로 결심했다. 그때 머리에 떠오른 것은 ZIL님도 미라잉도 아니라 일찍이 가망 없겠다고 체념하고 마음속 서랍 깊은 곳에 넣어둔 그 아이들의 그리운 얼굴이었다.

이야. 또 만났구나. 기뻐.

잊지 않고 기억해 내 줘서 고마워.

나는 많이 시들어버린 딸기와 바나나를 품에 꼭 끌어안았다.

6장

—

화끈한 여자들의 룸

—

2월, 요요기 제1체육관에서 '스노우화이트 첫 번째 눈 축제'
라고 명명된 단독 콘서트가 개최됐다.

　눈이 내린 것도 아닌데 머리부터 발끝까지 빈틈없이 하얀 차
림새의, 미모 차이가 극심한 다섯 여자가 요요기에서 떨어진 다
이칸야마의 고깃집에 모였다. 동료로는 보이지 않는다. 학창시
절 친구로도 보이지 않는다. 뭐가 그녀들의 연결 고리인지 전혀
짐작이 안 된다. 이런 집단은 대개 뭔가 공통의 취미로 연결된,
그 취미가 아니면 영원히 만날 일이 없었던 집단이다.

　그녀들은 '메이저 데뷔하기 전의 아이돌 그룹'이 연결 고리였
다. 그리고 지금 그녀들은 지글지글 익는 고기와 가끔 날아오르

는 하얀 재를 보고 있다.

하나의 꿈이 이루어진 뒤에는 기쁨보다 허전함이 가슴에 진하고 무겁게 남는다. 야마다는 잘 익은 항정살을 접시에 옮기고 식기를 기다렸다. 스콜피온스의 마쓰다이라가 인생의 전부였던 소녀 시절에는 이런 허전함을 느끼지 않았다. '마쓰다이라는 언젠가 나와 결혼해 준다, 언젠가는 나만의 것이 된다'는 꿈이 다른 팬에 대한 증오와 분노를 도취로 바뀌어 뇌에서 뭔가 희한한 호르몬을 분비시켰다. 지금 야마다를 포함한 다섯 명 모두 묵묵히 고기를 구워 먹고 있다. 아마 다들 같은 심경이지 않을까 싶다.

최애가 나만의 것이 될 수 없을 것이다. 나는 만 삼천 명의 관객 중 한 명에 지나지 않으니까.

"……ZIL님이 안무를 짠 곡, 좋았지."

고기가 3분의 1쯤 없어졌을 즈음에야 겨우 말소리가 들렸다. 마시코 마사코였다.

"아직 춤이 서툰 핫치가 제대로 췄어."

"응."

야마다가 고개를 끄덕였다.

이번 콘서트를 위해 준비했을 신곡은 업 템포 댄스곡이었는데, 혼자만 멤버들과 나이 차이가 있는 핫치도 따라갈 수 있는 안무였다. 유달리 빼어난 댄스 실력을 자랑하는 삿짱의 솔로곡은 춤추다가 뼈가 빠져서 팔다리가 날아가는 게 아닐까 싶을 만큼 안무가 격렬했지만. 다른 멤버들의 역량을 고려해 신곡은 안무를 적당히 조절했다.

겉보기는 러시아 소년(엄밀히 말하자면 소년 시절의 푸틴) 같이 냉혹하게 생겼는데 어느덧 남을 배려할 줄 알게 되었다니.

"……어쩐지 허전하네."

본심이 무심코 입에서 새어나왔다. 그 자리에 있던 모두가 젓가락을 멈추고 야마다를 보았다.

"일부러 그 말을 참고 있었는데."

스미타니가 그렇게 말하고 굵은 눈물을 또르르 흘렸다. 아름다운 눈에서 아름다운 뺨으로 아름다운 눈물 한 줄기가 흘러내리는 모습이 마치 지고한 예술품 같았다. 이 중에서는 제일 무슨 생각을 하는지 모를, 차가운 표정의 미인 사쿠라이마저 눈시울이 발갰다. 지금 이 방에 만약 종업원이 들어온다면 누군가 가까운 사람이라도 죽었나 보다고 여길 것이다.

작년 11월에 발표된 후로 내내 고대하던 단독 콘서트였다. 실제로 하루 두 번의 공연에서 온갖 매력을 아낌없이 발산하는 그들을 보며 소리를 지르느라 야마다는 목소리가 할머니처럼 쉬었고 체력을 몽땅 소진했다. 합쳐서 다섯 시간 동안 아주 즐거웠다. 그런데…

"뭐가 이렇게 초상집 분위기야. 자, 다시 달려보자!"

자기도 눈이 빨개진 주제에 마시코는 반쯤 강제로 "건배!" 하고 두 번째 건배를 재촉했다. 일본인의 습성상 네 사람은 반사적으로 잔을 들어 "건배" 하고 응했다.

"우리가 허전하니 마니 하는 것 자체가 잘못된 거야. 걔들이 꿈에 한 발짝 다가선 날이잖아? 좀 더 기뻐해야 하지 않겠어?"

마시코가 목소리를 높였다.

"……응."

야마다는 겨우 그렇게 대꾸했다.

"확실히 좋은 연료는 산더미처럼 건졌어."

가타오카가 혼자 곁길로 새는 소리를 꺼냈다. 그녀는 낮 공연 때 수첩을 한시도 손에서 놓지 않고 메모에 열중했다. 야마다가 옆에서 들여다보니 'ZILGO의 허리에 팔 두르기', '핫오후에게 아양 부리며 안기기', '오후ZIL 흰 셔츠 밀착 허리 흔들기', '카카 가슴 비침' 등의 짧은 문장이 뛰놀고 있었다. 그녀가 운영하는 모바일 사이트의 독자인 야마다는 무슨 뜻인지 전부 알지만 다른 세 명은 모를 것이다.

"소설, 업데이트 할 수 있겠어?"

야마다가 물었다.

"할 거예요, 물론. 나데시코도 읽을 수 있도록."

"나테시코한테 그런 걸 어떻게 보여줘!"

야마다는 무심코 소리를 질렀다. 다른 세 명에게도 가타오카의 사이트를 가르쳐주었지만, 아무도 흥미를 보이지 않았다. 마시코는 원래 글 읽기를 싫어하고, 사쿠라이는 온 힘을 다해 미라잉에게 자신의 청춘을 투영하고 있기에 다른 사람과의 연애는 인정하지 않으며, 스미타니는 "왜 지카 짱은 안 나오는 거야!" 하고 화를 펄펄 냈다. 지카 짱은 너무 건전해서 BL에서 제일 커플링이 힘든 캐릭터라 그렇다고 설명하자 납득했지만, 정말로 이해했는지는 미지수다.

"저기, 나데시코 짱은 입시 공부 시킬 거야?"

가타오카와 이야기하고 있는데 사쿠라이가 느닷없이 물었다.

"응, 주변에는 안 할 거라고 했지만, 아마 시킬 거야."

자기가 먼저 물어놓고 별로 흥미 없다는 듯 사쿠라이는 "흐음" 하며 불판에서 부채살을 내렸다. 마시코의 말에 따르면 사쿠라이 부부는 아이를 못 가진다는 모양이다. 아이 이야기는 금

물인 줄 알았건만, 먼저 이야기를 꺼내서 야마다는 약간 놀랐다.

"저기, 머리 좋은 애는 키우기 편한가? 그보다 여자애는 키우기 편해?"

남중생의 엄마인 마시코가 물었다.

"머리가 좋지는 않지만 아마 남자애보다는 편하지 않을까. 하지만 초등학생이랑 중학생은 다르겠지."

야마다가 대답했다.

"그럴까? 우리 아들은 덩치만 크지, 알맹이는 유치원생 이하인데."

그건 성장 환경의 차이 아닐까 싶었지만 야마다는 그 생각을 입 밖으로 꺼내지는 않았다.

나데시코는 기라라 쨩에게 괴롭힘을 당한 뒤로 다른 사람이 된 것처럼 강해졌다. 야마다는 딸의 성장에 놀라면서도 한편으로는 서운했다. 그렇게 모성이 강한 편은 아니라고 생각했지만 배 아파가며 낳은, 이를테면 자신의 분신이 자아와 개성을 지닌 다른 생물로 변해가는 모습이 약간 무서웠다.

지금 나데시코는 10대 초반 특유의 '아빠 싫음' 시즌에 돌입했다. 아빠 팬티와 같이 세탁하지 말라거나, 아빠가 썼던 그릇은 쓰기 싫다거나, 아빠 다음으로는 절대로 욕조 물에 안 들어가겠다거나 등등. 남편을 딱히 사랑하지는 않지만, 딸에게 미움받아 풀죽은 남자를 보고 있으면 마음이 짠하다.

야마다는 특별히 반항의 계절이 없었고 부모님 금슬도 좋았으므로 지금의 나데시코 같은 시기는 겪지 않았다. 그래서 어떻게 나무라야 할지 잘 몰라, 그냥 딸이 하는 대로 놔두고 있다. 시간이 흐르면 분명 해결될 거라며.

아들이라면 죽고 못 살아 매일 사무소에 밥을 해주러 가는 시어머니, 그걸 아무 의문도 없이 받아들이는 남편. 아빠를 싫어하는 딸에게 자기 체면을 지키는 것 말고는 무관심한 엄마(자신). 각자 완전히 다른 방향을 향하는 네 사람을 부감하며 가족이란 뭘까 가끔 생각한다.

흔히 드라마나 만화에서는 '가족이란 멋진 것'이라는 결론으로 시청자 및 독자의 마음을 유도하려 든다(소설은 전혀 안 읽어서 모르겠다). 뭐가 어떻게 멋진지 야마다는 모른다.

세간은 가족이 생긴 순간, 가족이 가장 큰 보물이라는 인식을 심으려 한다. '어머니, 아버지를 존경합니다. 가족을 사랑합니다. 제가 돌아갈 곳은 따뜻한 가정입니다', 그렇게 말하지 않으면 무슨 사람이 그러냐며 욕을 먹는다.

야마다는 착한 딸, 좋은 아내, 바람직한 어머니를 연기하며 잘 살아왔지만 가족이 가장 큰 보물이라 생각한 적은 단 한 번도 없었다. 예전에는 마쓰다이라가, 지금은 삿짱이 가장 큰 보물이고 현재 가장 큰 꿈은 삿짱이 연예계에서 성공하는 것이다. 나데시코의 입시 성공은 그보다 훨씬 격차가 큰 두 번째 꿈이다. 하지만 그걸 말하지는 않았다. 이 모임에서도 입 밖에 꺼내기가 두려웠다.

"……저어, 다들 아이는 가지고 싶지 않아?"

야마다가 모두에게 물었다. 자기가 이상한 것 아닐까 하는 불안이 다른 말로 변해서 튀어나온 것이다. 다섯 명 중에서 아이가 있는 사람은 야마다와 마시코뿐이다. 다른 세 사람이 흠칫 놀라 야마다를 보았다.

"지금이라면 아직 늦지 않았잖아? 30대 후반에 낳는 사람도 많으니 다들 아직 괜찮지 않을까?"

야마다가 이어서 말했다.

"왜? 임신은 늦었느냐 늦지 않았느냐가 아니라, 원하느냐 원하지 않느냐 아니야?"

스미타니가 정말 이상하다는 듯한 목소리로 반문했다. 그녀 혼자 미혼이다. 마음은 지카 짱과 결혼했다고 우기지만, 그래서는 잠자리도 못 가진다.

"가지고 싶지 않아? 아이."

"나 같은 인생을 살게 하고 싶지 않은걸."

축복받은 환경에서 태어났고 머리도 외모도 완벽한 여사가 무슨 소린가 싶어 야마다는 반쯤 어이가 없었다.

♥ ♥ ♥

축복받은 환경에서 태어나 머리도 외모도 완벽한 여자가 무슨 소리를 하는 건가 싶겠지, 생각하며 스미타니는 야마다에게 대꾸했다.

"아이는 태어날 곳을 선택할 수 없고, 태어난 순간부터 죽으면 부모가 슬퍼할 거라든가 실망시키면 부모가 화낼 거라든가 그런 제약에 얽매여 강제로 살아야 해. 난 그런 게 정말 싫었거든."

스미타니는 어릴 적에 몸이 약했다. 갑작스런 발열과 구토, 배탈. 지금 돌이켜보면 그건 부모님의 과보호에 의한 자율신경계 이상이었다. 침대에서 잠든 딸을 늘 감시하는 아름다운 어머니. 조금이라도 기침을 하면 "괜찮니" 하고 걱정스러운 목소리로 묻는다. 억지로 웃음을 지으며 "응, 괜찮아" 하고 대답하는 것 말고 뭘 어쩌겠는가. 병이 오래가면 이번에는 어머니가 쇠약해진다. 그럼 너 때문에 네 어머니가 쇠약해진다는 듯이 아버지는 긴 한숨을 내쉰다.

괜찮으니 좀 내버려 둬. 마음껏 기침하고 싶어. 마음껏 한숨 쉬고 싶어. 인기척이 없는 곳에서 푹 자고 싶어.

대개 그렇듯 남과 함께하는 생활은 스미타니에게 인내심을 요구했다. 사귀는 남자와 한 침대에서 잘 때조차 성가시기 짝이 없었다. 옷을 다 벗으면 춥지 않느냐는 둥, 잠에서 깨면 배고프지 않느냐는 둥.

추우면 이불을 덮고 배고프면 음식을 먹는다. 그 정도 사소한 일은 스스로도 할 수 있다. 하지만 남들은 그걸 호강에 겨운 고민이라고 비꼬겠지. 걱정해 주는 사람이 있는 게 어디냐며.

과연 모든 사람들이 가족과 남이 걱정해 주는 걸 행복으로 여길까. 혼자서도 얼마든지 살아갈 수 있는 인간이 존재할 가능성을 왜 털끝만큼도 고려하지 않는 걸까. 걱정해 주는 걸 그저 무거운 짐으로 여기는 인간이 있다는 사실을 왜 모르는 걸까.

스미타니는 유야마, 즉 현재의 사쿠라이 미사요가 자신의 이러한 가치관을 이해해 주기를 기대했다. 실제로 그녀는 그런 사람이었다.

그녀가 회사를 그만두고 전업주부가 되어 아이를 가지고 싶어 한다는 걸 알았을 때 스미타니는 약간 낙담했다. 너도 결국 거기가 종착역이냐고. 어린 시절이 결코 편하지만은 않았을 텐데, 왜 분명 같은 미래를 짊어질 아이를 낳으려 하느냐고.

물론 따져 묻지는 않았다. 그게 앞으로 몇 년이면 마흔 살을 맞는 그녀의 의지라면 어쩔 수 없다.

"어, 그럼 스미타니 씨는 죽고 싶었던 적 있어?"

마시코가 흥미진진한 얼굴로 몸을 내밀었다.

"없는데, 왜 이야기가 그쪽으로 빠져?"

"살아야 하는 게 싫다. 그게 죽고 싶다는 뜻 아냐?"

"죽고 싶을 이유가 없는걸."

"예를 들어 오늘은 스노우화이트 덕분에 엄청 행복했잖아. 하지만 내일부터는 다시 똑같은 일상이 기다리고 있고, 일도 해야 한다고 생각하면 죽고 싶지 않아?"

"그게 왜 죽고 싶은데? 난 다음에 또 지카 짱을 만나기 위해 어떻게든 살 거야."

스미타니의 말에 "사고방식이 아주 긍정적이네요" 하고 가타오카가 어두운 표정으로 중얼거렸다.

소속된 사회에서 뭐든지 1등. 드물게 그런 운명으로 태어나는 인간이 있다. 그중 하나가 본인임을 스미타니는 일찍부터 자각했다. "그쪽 단점은 분위기를 못 읽는다는 점이야" 하고 사쿠라이에게 핀잔을 들은 적이 있지만, 스미타니는 그걸 단점으로 생각지 않았다. 그래서 자신이 아는 한 결핍된 부분은 존재하지 않는다. 사고방식이 긍정적인 게 아니라 단순히 부정적이어야 할 요소가 없을 뿐이다.

하지만 그런 까닭에 남들의 기대심이 너무 컸다. 딸이 열다섯 살이 되었을 때, 어머니는 당연하다는 듯 딸을 다카라즈카 음악학교에 넣으려고 했다. 아버지도 그러길 바랐다. 하지만 예술의 길을 걸을 마음이 없었기에 스미타니가 거절하자 부모님은 슬픈 듯하면서도 화난 듯한 표정을 지었다.

학교 담임 선생님은 스미타니가 뛰어난 머리로 일본의 의학 발전에 이바지하기를 바랐다. 하지만 그녀는 남의 생명까지 책임질 마음이 없었다. 어릴 적에 병이 났을 때 집에 왕진을 오던 주치의는 아버지의 눈치만 살피는 살살이였다. 그런 사람을 꿈으로 삼으라니 어불성설이다. 이 역시 거절하자 그럼 뭐가 되고 싶으냐고 묻기에 회사에 들어가 언젠가는 경영자가 되고 싶다고 대답했다. 담임은 길디긴 한숨과 함께 말했다.

"너도 결국 돈벌이 생각밖에 못하는구나."

교직자란 참 잘 만든 말이구나, 하고 이때 감탄했던 것이 기억난다. 자기도 돈을 받고 남을 교육하면서 돈벌이는 악하고 추한 것이며 청빈이야말로 미덕이라 여기는 성인. 선생님도 학교 법인 경영자한테 월급 받으시잖아요, 하고 따지자 담임은 울었다.

왜 연예인을 안 하나요. 왜 미국에 남지 않았나요. 왜 결혼 안 하나요. 아깝다. 스미타니 씨라면 토머슨 말고도 더 좋은 회사에 들어갈 수 있었을 텐데. 아깝다. 아깝다.

사람은 우수한 인간에게 자신이 이루지 못한 꿈을 의탁한다. 부처와 예수는 정말로 위대했음을 절실히 느낀다. 스미타니 미야비는 스물네 살 때 다카야나기 지카라와 만나 작은 중국 강아지 같이 귀엽게 생긴 소년이 점차 성장해 사람들의 잡다한 꿈을 짊어지는 존재가 되어가는 걸 10년 넘게 지켜봐 왔다.

그는 어떤 특정한 분야에서는 1등이 될 수 있을지도 모르지만, 소위 '온갖' 다양한 분야에서 종합 1등을 차지할 수는 없는 사람임이 일찌감치 판명됐다. 그래도 그는 스미타니가 누구보다도 제일 아끼는 사람이었다. 왜 자신에게 1등인지는 모르지만, 사랑이나 팬심 같은 말로는 다 표현할 수 없는 감정 때문이다.

처음으로 만나고 10년 넘게 지났는데도 초등학생 시절과 그다지 변함없는 순진무구한 언동과 태양을 향해 피는 꽃 같은 웃음. 때 묻지 않은 그 몸에 수많은 낯선 여자들의 꿈을 짊어졌으면서도 스미타니가 아는 한 그는 사람들 앞에서 한 번도 어두운 얼굴을 보인 적이 없다. 인간으로서 정말 대단하다고 생각한다. 어쩌면 그게 자신에게 1등인 이유일지도 모르겠다.

그녀가 인생 최초의 결단에 직면한 건 열다섯 살 때였다. 그보다 네 살이나 어린 나이에 지카 짱은 인생을 결정해 10년 넘게 흔들리지 않고 살아왔다. 어떤 의미에서 그는 부처 수준이 아닐까 싶다.

"저기, 스미타니 씨. 머릿속에서 지카 짱과 결혼했다는 설정이지?"

마시코가 물었다. 스미타니는 '설정'이라는 말에 반박하려 했지만, 반박한들 이해 못 할 거라 체념했다.

"뭐, 그런 셈이지. 덧붙여 '부모의 반대를 무릅쓰고'라는 옵션도 붙었어."

"어머, 멋지다."

그건 진짜였지만, 스미타니는 먹음직스럽게 익은 치마살이 탈까 봐 걱정돼 불판에서 고기를 집어 그대로 입에 넣었다.

디셈버스가 주식 공개(회사 관계자 등이 제한적으로 소유한 주식을 새
로운 출자자에게 양도할 수 있도록 하는 것을 가리킨다 – 옮긴이 주)를 하지
않은 것이 다행이었다. 아버지의 시퍼런 서슬을 생각하건대 만
약 주식을 공개했다면 기획사를 통째로 박살 내려 들었으리라.
회사를 좌지우지할 수 있을 만큼 주식을 사들이면 그만이지만,
상장하지 않는 한 사들일 수단이 없다.

축복받기는 했지만 원하는 걸 모조리 손에 넣을 수 있는 건
아니다. 그리고 원하는 걸 얻은들 결국은 질린다. 결국 허무해
진다. 그래서 스미타니는 영원히 손안에 들어오지 않을 상대를
사랑하고 있다. 이렇게 오랫동안 사랑한 사람이지만, 만에 하나
손안에 들어오면 결국 질리고 말 거라는 사실이 너무나 두렵다.

"하지만 외롭지 않아? 결국 실제로 곁에 있는 건 아니잖아."

마시코가 물고 늘어졌다.

"그럼 넌 남편과 아들이 곁에 있는 것만으로 만족스러워?"

그 질문에 마시코는 입을 다물고 고개를 숙였다. 마음이 빈
곤해서 자기보다 뛰어난 사람의 결점을 찾아내려는 인간은 많
다. 익숙한 일이므로 스미타니는 대답을 기다리지 않고 고기를
구웠다.

♥ ♥ ♥

마음이 빈곤해서 자기보다 뛰어난 사람의 결점을 찾아내려는 인간이라고 생각하겠지. 마시코는 자신의 말에 낙담하며 불판에서 거뭇거뭇 타고 있던 가지를 집어 폰즈소스 접시에 담았다. 양 옆에서는 사쿠라이와 스미타니가 듣도 보도 못한 몹시 비싼 부위의 고기를 태연한 얼굴로 먹고 있었다.

뭐야, 치마살이라니. 치마라도 입혔나. 바지살이란 건 없으려나.

설마 자신이 이런 소위 부르주아와 알게 되어 고기를 함께 구워 먹는 날이 올 줄은 몰랐다. 사쿠라이가 슈퍼의 단골이 아니었다면 이럴 일은 없었다. 그때 그녀가 당첨되지 못해 정말 다행이다.

유명인이나 부자와 가까워지면 가난뱅이는 대체로 기뻐하며 자진해서 여우의 자리로 물러나 그들의 호랑이 같은 위세를 빌리고 싶어 하는 법이다. 심할 때는 '우리 손윗동서의 남동생이 옛날에 사귀었던 여자가 어떤 연예인의 고모와 같은 요리 교실에 다녔다'는 식으로 위세를 빌리기 위한 호랑이가 어디에 있는지도 모를 사태까지 발생한다.

마시코도 처음에는 기뻤다. 마시코는 반쯤 헐벗은 모습으로 스미타니와 함께 사진을 찍었고, 합의하에 그걸 유포했다. 유포한 곳에서 사진을 본 사람들은 마시코의 존재 따위 알지도 못했으므로, 마시코 주변에서 그 사건은 일절 화제에 오르지 않았다.

원래는 자신에게 재난의 불똥이 튀지 않은 걸 기뻐해야겠지만, 화제가 되지 않았다는 사실이 마시코는 조금 억울했다. 안면을 튼 두 부르주아가 자신을 다른 세상으로 데려가 주지 않을까 기대했다. 실제로 친해지기는 했다.

하지만 아무것도 변하지 않았다. 함께 스노우화이트 콘서트와 공연을 보고 그 행복을 공유하게는 됐지만, 그 행복이라는 감정의 종류가 너무 달라서 대화는 서로 쿵짝이 안 맞기 십상이었다. 그리고 마시코는 지금도 파트타임으로 슈퍼 계산대 업무를 보는 주부다. 가난한, 세상 제일 밑바닥에서 세 번째에 위치한 주부.

남편과 아들이 곁에 있는 것만으로 만족스럽냐고? 망할 부르주아 같으니라고. 만족스럽지 않다는 것 정도는 알고도 남을 텐데 웬 확인 사살이람.

아들은 지역에서도 꼴통으로 유명한 편차치(일본에서 학생 성적의 평균값을 50으로 봤을 때 자신의 점수가 어디쯤에 위치하는가에 따라 정해지는 등급. 한국의 표준 점수와 비슷하다─옮긴이 주) 38의 ○○공업 고등학교 시험을 치기로 했다. '이름만 쓰면 합격'하는 유형의 학교다. 시험은 다음 주다.

아들은 변함없이 공부도 안 하고 싸움도 안 하고 그저 무기력하면서도 부모와 교사에게는 반항적으로 살고 있다. 생산성 없이 숨 쉬고 밥 먹고 배설만 하는 못난 아들을 보며 이런 걸 15년이나 키운 가치가 있을까 매일 생각한다. 예전에 야마다가 공연에 딸을 데려왔을 때 평범하게 생긴 평범한 아이라는 사실에 안도했지만, 아빠의 피를 물려받아 머리가 좋다는 걸 알고 가슴속이 검게 소용돌이쳤다.

야마다는 자식을 키우는 것에 우월감 같은 감정을 느끼고 있을 거라고 방금 전 대화로 추측이 갔다. 어쩐지 유명한 듯한 남편과, 예쁘지는 않지만 머리가 좋은 딸이 바로 야마다가 누리는 생활의 보물이겠지. 그 딸은 분명 키울 가치가 있다. 모녀 사이도 좋아 보이는 게 마시코는 제일 부러웠다.

마시코는 위를 보지 않으려고 하며 살아왔다. 지금까지 살아온 사회에선 부러워할 만한 '위'가 존재하지 않았다. 지금도 손이 닿는 곳에 '위'는 존재하지 않는다. 지금 여기 있는 다섯 명은 모두 사회의 다른 층에 살고 있다. 아무리 바라도 마시코는 스미타니, 사쿠라이, 야마다가 될 수 없고, 가타오카처럼은 되고 싶지 않다.

그런 마시코에게 현실은 털끝만큼도 즐겁지 않다. 힘들여서 15년이나 키운 아들은 들어갈 가치도 없는 학교에 입학해, 졸업 후에는 일할 가치도 없는 직업을 가질 것이다. 장래가 어떨지 지금부터 뻔히 보인다.

한편 마시코의 꿈같은 아들, 핫치는 오늘 엄청난 환호성 속에서 다이아몬드처럼 빛나는 땀을 흩날리며 노래하고 춤추고 환한 웃음을 관객에게 선사했다. 콘서트장에는 앞으로 다가올 눈부신 미래밖에 보이지 않았다.

아아, 내 사랑스러운 아들아.

마시코는 기도하듯 부채를 양손으로 꼭 잡고 핫치를 바라보았다. 이 시간이 영원히 계속되면 좋겠다고 생각했다. 꿈같은 아들이 무대 저편으로 사라지고 몇 시간 후에 죽고 싶어지는 현실로 돌아가야 한다면, 마시코는 차라리 여기서 죽고 싶었다.

그런 마음을 스미타니가 조금이나마 이해해 줄지 모르겠다고 생각한 자신이 바보였다. 그녀에게는 죽고 싶을 만한 일상이 없는 거다. 그녀의 현실은 마시코에게는 꿈과 다름없었다.

만약 핫치가 정말로 자신의 아들이라면, 하고 가끔, 아니 매일 몽상한다. 전철을 타고 출퇴근할 때. 계산대 업무를 볼 때. 저녁 식사를 준비할 때. 담배 냄새가 밴 빨래를 갤 때. 화장실 벽에 묻은 오줌 얼룩을 닦을 때. 욕실 배수구에 낀 털 뭉치를 끄집어낼 때. 자신의 몸에 들러붙은 진흙 덩어리 같은 현실 속에서 만약 핫치가 아들이 되어 한 집에 산다면.

핫치가 아들이 된 것만으로도 일상의 풍경이 곱게 채색된다. 인생이 좀 더 반짝반짝 빛난다. 편차치 38의 ○○공업 고등학교에 가든, 좀도둑질을 하든, 말과 행동이 난폭하든, 마시코는 분노고 뭐고 느끼지 않으리라. 오히려 그 모든 것이 사랑스럽다.

엄마, 배고파. 뭐 먹을 거 없어?

(현실: 아줌마야. 밥 아직 멀었어? 밥 없으면 돈 내놔.)

엄마, 또 시험 빵점 받았어, 미안해.

(현실: 시끄러워. 공부가 밥 먹여주냐. 입 좀 다물어, 아줌마야.)

엄마, 욕조 청소 정도는 내가 할게. 좀 쉬어.

(현실: 욕조 더러운 것 좀 봐라. 이 아줌마야, 청소 좀 해.)

엄마, 피곤하지. 어깨 주물러줄게.

(현실: 짜증나는 낯짝 좀 치워, 아줌마야. 성질 돋우지 말고.)

엄마, 늘 고마워. 정말 사랑해!

(현실: 뒈져라, 거지 같은 아줌마야!)

나도 정말 사랑해!!

……아니, 아무리 그래도 그런 말까지는 안 하려나.

하지만 이런 아들이 있다면, 하고 바라고 또 바라고 너무 바란 나머지 오늘도 마시코는 그야말로 지금 죽고 싶었다. 게다가 고기가 너무 맛있었다. 이런 고기는 처음 먹어봤다. 앞으로 이런 저승길 선물 수준의 고기는 두 번 다시 못 먹을 거라는 생각에 한 입 한 입 소중하게 음미하며 먹고 있건만, 옆에 앉은 이 망할 부르주아 두 명은 아무렇지도 않은 표정으로 고마우신 고기님을 덥석덥석 삼키다니!

"사쿠라이 씨, 갈비살이랑 살치살이랑 꽃등심 추가로 시켜."

"난 아롱사태 먹고 싶은데."

이제 무슨 말인지도 모르겠다. 그런 마시코에게 사쿠라이가 메뉴를 펼쳐서 보여주었다.

"고기 안 모자라? 뭐 먹고 싶어?"

"어, 음, 그럼 윗등심……."

"그럼 살치살이면 되겠네. 저기요!"

뭐가 어떻게 됐다는 거냐. 이유를 물을 틈도 없이 종업원이 다가와 주문을 받았다.

마시코만 오늘 식사가 공짜다. 다섯 명이 표를 손에 넣기 위해 분주하게 노력했지만, 결과적으로 아리나 중앙 스테이지 제일 앞줄이라는 꿈같은 자리를 5연속으로 뽑아낸 것은 마시코였다. 답례로 뭐든지 해주겠다는 스미타니에게 "그럼 맛있는 고기 쏴" 하고 말한 것도 마시코다. 지금은 왜 그렇게 하잘것없는 요구를 했을까 후회하고 있다. 100만 엔을 달라고 했어도 분명이 여자는 한 치의 망설임도 없이 주지 않았을까.

하지만 후회도 잊어버릴 만큼 고기가 맛있었다. 이런 기회가 아니고서는 이런 가게에 못 올 거라는 느낌이 들자 딱 이 정도가 분수에 맞는다는 생각도 들었다. 그리고 아들에게도 이런 고기를 먹이고 싶다는 마음이 어디선가 고개를 쳐들었다. 좋아할까, 맛있다고 해줄까.

꿈같은 아들은 영원히 꿈으로 머무른다. 현실의 아들은 영원히 현실로써 한 지붕 밑에 산다. 허리띠를 졸라매면 한 번쯤은 데려올 수 있을지도 모르지만, 과연 그 못생기고 반항적인 아들이 엄마와 둘이서 외식을 하려고 할까. 한숨을 내쉬려 했을 때 스미타니가 "여기, 계산할 때 이천 엔 할인 구폰 주거든. 다음에 아들이랑 같이 오지 그래?" 하고 뜻밖의 말을 꺼냈다.

"엥, 싫어."

마음을 읽힌 것만 같아 마시코는 즉각 대답했다.

"왜? 아들이 고교 입시를 앞두고 있다며. 나중에 합격 축하 선물로 데려오면 좋잖아."

"싫다니까. 그런 못생긴 망나니 아들놈을 이렇게 좋은 가게에 데려와 봤자 창피하기밖에 더하겠어? 됐어, 됐어. 그리고 고등학교라고 해봤자 편차치 38의 초특급 얼간이 학교인걸. 축하해줄 가치도 없어."

"가족을 그렇게 여기면서 잘도 나한테 외롭지 않느냐고 물었구나."

맞은편에서 스미타니의 따끔따끔한 시선이 느껴졌다. 묵묵히 고기를 먹고 있던 가타오카는 원망스런 얼굴로 자신을 쳐다보고 있었다. 아차 싶었다. 초특급 얼간이 고등학교 출신의 얼짱 끝판왕이 함께 있었다는 걸, 마시코는 바로 지금까지 깜박하고 있었다.

♥ ♥ ♥

　'초특급 얼간이 고등학교 출신의 얼짱 끝판왕이 함께 있었다는 걸 이 여자는 깜박했구나' 생각하며 가타오카는 마시코에게서 눈을 돌리고 밥그릇을 들어 밥을 입 안에 그러넣었다. 자각은 하고 있지만 느닷없이 팩트 폭력을 가하면 역시 조금 괴롭다.

　자기보다 근소하게 위에 있는 마시코. 하지만 가타오카는 그 근소한 차이를 따라잡을 수 없다. 사회 계층의 천장은 위층 사람의 발바닥이 보일 만큼 투명하지만, 너무 두꺼워서 깨부술 수는 없다. 그리고 위로 올라가기 위한 계단은 존재하지 않는다. 그런 거야 줄곧 알고 살아왔고, 위로 올라갈 생각도 전혀 없다.

　여자 세계의 제일 밑바닥에 사는 가타오카가 이 집단에서 유일하게 내세울 수 있는 건 '소설가'라는 명함뿐이다. 하지만 이 명함은 '소설에 흥미가 있고, 조금이나마 소설을 읽어 소설의 재미를 알며, 그 소설을 탄생시킨 작가에게 흥미가 있는 사람'에게만 통용된다. 이 집단에서 '소설'에 흥미가 있는 사람은 한 명도 없었다. 더구나 가타오카는 BL밖에 못 쓴다. 그나마 야마다가 가타오카의 글에 흥미를 보이지만, 그 대상은 스노우화이트를 소재로 한 망상 BL뿐이다. 결코 'BL 소설'이라는 장르를 좋아하는 것은 아니다.

스노우화이트를 소재로 한 망상 BL을 모바일 사이트에 올리다가 야마다와 알게 되어 난생 처음으로 '함께 행동하는 여자 집단'에 소속됐을 때, 가타오카는 순수하게 기뻤다.

하지만 동시에 놀라운 점도 많았다. 일단 '세상 여자들이 이렇게까지 책을 안 읽는단 말인가' 하는 놀라움이 제일 컸다. BL 소설은 특수한 취미니까 제외하더라도, 네 사람은 정말로 잡지를 제외하면 어떤 책도 읽지 않았다.

스미타니는 고객과의 이야깃거리를 만들기 위해 고객이 좋아하는 작가를 조사해 신간이 나오면 반드시 읽는다고 했다. 하지만 그녀의 책 읽기는 '독서'의 범주에 들어가지 않는다. 어떤 소설을 읽든 아무 감상도 느끼지 못하니까. 작가의 프로필은 한 명도 남김없이 기억하지만 정작 작가가 쓴 책에 대해서는 아무 흥미도 없다. 남과 이야기하기 위해 그저 문장을 눈으로 좇아 내용을 기억할 뿐이다.

소설가는 작중에서 문장을 구사해 '여기서는 울어라', '여기서는 화내라', '여기서 음경 또는 마음경(마음속의 음경을 가리킴. 독자가 여성일 경우 사타구니에 음경이 달려 있지 않으므로- 옮긴이 주)을 발기시켜라' 등 적지 않게 사람의 마음을 부추긴다. 스미타니는 그걸 재빨리 캐치한다. 스스로는 전혀 마음이 움직이지 않을지언정, 눈물을 짜내는 대목을 외워 "정말 감동했어요. 울었다니까요" 하고 말하면 남과의 대화는 성립한다. 그게 좀 무서울 지경이라 "그렇게 속속들이 잘 알고 있다면 작가가 되지 그랬어요" 하고 예전에 무심코 말하자 "나한테 재미없는 걸 창조하는 건 싫고 흥미도 없어" 하고 그녀는 딱 잘라 대답했다.

그 밖에도 놀란 점은 많다. 보통 사람은 매일 욕조 물에 몸을 담근다는 둥, 보통 사람은 바나나 껍질만 벗기는 일을 못 견딘다는 둥, 보통 사람은 매일 균형 잡힌 식사를 한다는 둥, 밑바닥에 속해 '보통'의 기준에 미치지 못하는 가타오카에게는 놀랄 일뿐이었다.

"저기, 그러고 보니 어떻게 됐어? C사, 원고 줬지?"

텅 빈 밥그릇을 보며 한 그릇 더 시킬까 말까 고민하고 있자 맞은편에 앉은 스미타니가 물었다.

"네? 아, 네."

"어? 진짜? 프로로 돌아가는 거야?"

야마다가 몸을 내밀며 물었다. 대답해야 할지 말지 망설여졌다.

스미타니에게 '당신한테는 C사의 레이블이 잘 맞는다'는 말을 들은 후, 한 달 반 만에 원고지 300매짜리(일본의 원고지는 보통 400자다 - 옮긴이 주) BL 소설을 완성한 가타오카는 C사 편집부와 약속을 잡아 원고를 가지고 갔다. 과일 사냥을 개고한 〈음란한 과실, 체리보이〉라는 제목으로.

C사의 레이블은 특이하고 자극적인 설정을 싫어하고 오로지 일반적인 에로를 추구한다. 미소년과 미소년 조합이라는, 어떤 의미에서 고리타분하고 일반적인 설정이 C사에 어울린다고 스미타니는 판단했으리라. 확실히 참고 삼아 C사의 책을 몇 권 읽어보니 가타오카의 취향이 제법 많았다. 만약 이 레이블에서 데뷔했다면 좀 더 잘나갔을지도 모른다는 생각이 원고 집필의 원동력이 됐다. 제목 때문에 딸기와 바나나가 아니라 체리를 주인공으로 삼을 수밖에 없었지만 막상 써보자 이게 꽤나 좋은 방향으로 작용해 단기간에 300매를 완성했다.

현 시점에서 가타오카는 잃을 것이 하나도 없다. 직장도 있으나 마나고, 애당초 밑바닥에 위치하므로 더 이상 떨어질 곳도 없다. 집필하는 동안 배째라는 식의 기분이 솟구쳤다. 예전이라면 거절당할까 봐 겁나서 약속 전화도 못 걸었으리라.

원래 가타오카는 신인상에 응모해 BL 작가가 됐다. 데뷔 당시는 무작정 투고하는 사람들보다 조금 형편이 좋았다. 그렇다기보다 그나마 비위를 맞춰주었다.

만나기로 약속한 C사 편집자는 쭈그러진 쉰 살 쯤의 여성이었다. 좁은 회의실의 작은 테이블에 마주 앉자 편집자는 800자의 줄거리와 함께 가져간 원고의 첫머리를 읽었다.

"어쩐지…… 참신하네요."

"아, 네."

"우리 출판사 구독층 중에 이런 기발한 의인화를 받아들일 독자가 있을지는 모르겠지만, 일단 맡아둘게요."

겨드랑이에서 땀이 간헐천처럼 샘솟았지만, 원고를 되돌려주지 않은 것에 안도해 고맙다고 인사하고 일어나려 했을 때 편집자가 입을 열었다.

"나, 당신 작품 싫어해요."

"……네?"

"오토베 시로마루 씨죠? 이 문체, 〈미라클 보이즈〉랑 똑같아요."

……펜네임을 바꿨는데도 들키고 말았다. 그리고 싫어한다는 건 굳이 지금 말하지 않아도 될 텐데. 뭐라 답해야 할지 몰라 꿀 먹은 벙어리처럼 입을 다물자 쭈그러진 편집자가 말을 이었다.

"그저 싫어하는 걸 넘어서 안티였죠. 그래서 당신 작품을 전부 읽었어요."

"……."

"하지만 그런 편견 없이 편집 회의에 올릴게요. 시간이 좀 걸리겠지만, 연락 기다려줘요."

이런 자초지종을 거쳐 한 달이 지난 지금, 아직 연락은 없다. 따라서 이 상황을 어떻게 설명해야 할지 몰라 잠자코 있었다. 편집자가 안티였다니 그 원고는 매장되겠지. 하지만 '전부 읽었다'는 말이 마음에 걸렸다. 가타오카의 입장에서 그건 희미한 희망이기도 했다.

누구보다도 연락을 기다리는 사람은 가타오카 본인이 아니라 남편이다. '당신이 다시 데뷔한다면 나도 진지하게 시도해 보겠다'면서 지금은 집필에 사용할 컴퓨터를 신나게 고르고 있다. 하지만 변함없이 한 글자도 쓰지 않는다. 그리고 컴퓨터 구입비는 물론 아내의 주머닛돈으로 충당할 작정이다.

만약 정말로 다시 데뷔하게 되어 어느 정도 돈이 모이면 이혼할 생각이었다. 남들 못지않은 생활을 바란 결과, 기적처럼 청혼을 받아 밑바닥에서 기어오르기를 꿈꾸며 결혼했지만 결혼 생활에 좋은 점이라고는 하나도 없었다. 서로 통하는 구석도 없이 허무한 결혼 생활을 계속할 바에야 맛슈를 신으로 모시고 수녀처럼 날마다 기도하며 사는 걸로 충분하다.

"어떻게 됐어? 사전에 원고 좀 보여주지 그랬어."

스미타니가 그런 가타오카의 속내는 아랑곳하지 않고 캐물었다.

"아직 연락이 없어서……."

"어, 아직도? 한 달이나 지났잖아. 출판사는 왜 죄다 그렇게 세월아 네월아 하는지 몰라."

아니, 이게 보통일 것이다. 그렇게 말한들 분명 다른 업종 사람은 이해하지 못할 거라 어떻게 대답할까 고민하던 중 가방 속에서 휴대전화가 진동했다. "잠깐 실례합니다", 하고 오래된 휴대전화를 꺼내 새로 온 메일을 열었다. 눈에 들어온 문장을 보고 가타오카는 실신할 뻔했다.

'C사의 ××입니다. 맡겨주신 원고의 출판을 긍정적으로 검토하기로 했으니 회사에 다시 한 번 방문해 주시면 감사하겠습니다.'

♥ ♥ ♥

"진짜 대박이다! 축하해, 너무 잘 됐다!"

그런 축복의 말도 빤하게 들리는 자신의 추잡한 마음에 사쿠라이는 염증이 났다. 가타오카의 얼굴이 기뻐 보이는 한편, 어쩐지 흐려 보이는 것도 자신의 마음이 추잡한 탓인 것 같았다.

"……이혼 준비를 해야겠네요."

가타오카의 그 말로 자신의 기분 탓만은 아니라는 것이 판명됐다.

"어, 이혼하려고? 왜?"

사쿠라이는 저도 모르게 제일 먼저 나서서 물었다. 가타오카가 몸을 움찔하더니 사쿠라이 쪽을 보았다. 역시 자바 더 헛을 똑 닮았다. 사쿠라이는 버스토에서 그녀를 처음 보았을 때만 해도 설마 이런 형태로 인간관계가 형성될 줄은 몰랐기에 기분이 참 묘했다.

"이제 뭐 그만 됐다 싶어서……."

"확실히 뭐든지 기술이 있으면 혼자서도 먹고살 수 있는 법이지. 부럽다."

기술을 익힐 마음은 평생 먹어보지 않았을 듯한 야마다가 고개를 끄덕이며 동의했다. 옆에서 마시코가 씁쓸한 표정으로 한스럽게 말했다.

"자식이 없으니 이혼하기 편해서 좋겠네."

그 말이 사쿠라이의 가슴에 꽂혔다.

아직 스미타니밖에 모르지만 사쿠라이는 최근에 불임 치료를 시작했다. 검사 결과상으로는 자궁과 난소에 이상은 없었다. 그래도 식이를 제한하고 한약을 먹고 한 달에 한 번 병원에 다닌다. 배란일에는 반드시 남편과 잠자리를 가진다.

의무적인 성관계만큼 무미건조한 건 없다. 매번 배란일에는 모래를 씹는 듯한 감각을 맛본다. 남편은 무정자증은 아니지만, 정자 수가 극히 적다는 검사 결과가 나왔다. 시어머니에게도 알렸지만, 그녀는 포기하지 않았다. 입만 열었다 하면 여전히 손주 타령이다. 물론 임신 가능성은 제로가 아닐 것이다. 하지만 시어머니는 손주 타령을 하면서도 인공 수정에 반대하고 자연 임신을 고집한다. 불임 치료를 받는 시점에서 자연 임신이고 나발이고 다 끝난 거 아닌가 싶지만, 아무튼 매달 속옷이 붉게 물들 때마다 낙담하는 나날을 보내고 있다.

나는 1등이 될 수 없다.

사쿠라이는 평생 그런 콤플렉스에 시달리며 살아왔다. 일하던 시절에는 늘 스미타니 미야비가 자신 위에 있었다. 지금은 일시적으로, 또는 앞으로 영원히 사쿠라이 위에 야마다가 있다. 순조로이 살다가 순조로이 결혼해 순조로이 낳은 아이의 입시로 골치를 썩이는 평범한 전업주부.

그런 평범한 인생을 동경한 적은 없었건만, 지금 사쿠라이는 야마다가 너무 부러워서 이가 갈릴 지경이었다. 분명 남편에게도 평범하게 사랑받고, 아이와도 사이가 좋을 것이다. 야마다가 공연을 관람할 때 한 번 데려온 딸 나데시코는 평범한 생김새에 평범한 느낌의 아이다운 아이였다. 동갑내기 여자가 이미 철든 아이를 키우고 있다는 현실 앞에, 사쿠라이는 엔젤링처럼 윤기가 자르르 흐르는 나데시코의 따스한 정수리를 내려다보며 가슴이 찢어지는 듯한 아픔을 느꼈다.

고기를 불판에서 내리며 이 자리에 모인 다섯 명을 보자 사쿠라이는 심경이 복잡해졌다. 야마다에게선 자신의 콤플렉스만 느껴졌다. 그리고 스미타니는 예전부터 지금까지 계속 눈엣가시였다. 다른 두 사람은 왜 지금의 생활을 감수하고 있는 건가 싶었다.

미안하지만 가타오카는 이런 기회가 아니었다면 평생 접하지 않았을 부류였다. 애당초 사쿠라이는 남자와 남자를 맺어주는 연애 소설이 이해되지 않았다. 게다가 스노우화이트 멤버로 그런 연애를 망상한다는 것도 완전히 이해 불능이었다.

마시코는 우연히 근처 슈퍼에서 일하고 있어서 안면을 텄지만, 이 또한 마시코가 집이 있는 지바에서 멀리 떨어진 미나토구까지 일하러 나오지 않았다면 인생의 접점은 절대로 없었다.

아무리 생각해도 자신보다 생활 수준도, 외모 수준도 떨어진다. 여러모로 만족스러울 리 없다. 하지만 두 사람은 본인들의 생활을 향상시키려 하지 않아 처음 만났을 무렵과 달라진 점이 전혀 없다. 최근에 스미타니와 둘이서 미나토가 운영하는 피부 미용실에 다녀오면서 한번 말해봤다.

"가타오카 씨랑 마시코 씨는 왜 계속 저렇게 살까."

머리 꼭대기부터 발끝까지 빤들빤들하니 눈부실 만큼 아름다운 스미타니가 지체 없이 대답했다.

"사회는 그런 층이 없으면 성립하지 않는 법이야."

"뭐, 그렇겠지."

"나랑 사쿠라이 씨도 마찬가지고. 그 층을 짊어질 사람이 없으면 사회는 성립하지 않아. 알면서."

"난 전업주부인데. 사회에 속해 있지 않아."

"주부에게는 주부의 사회 같은 게 있잖아. 나는 잘 모르지만."

그때 사쿠라이는 '넌 영원히 위에서 세 번째'라는 말을 들은 기분이었다. 거기서 떨어질 일은 없다. 하지만 스미타니가 있는 곳까지 올라갈 수도 없다.

아이가 없다는 걸 제외하면 사쿠라이는 수많은 다른 여자들보다 행복하고, 남편이 벌어온 돈으로 연예인이 다니는 피부 미용실을 다니고, 남편이 벌어온 돈으로 친구(스미타니밖에 없음)와 점심을 먹고, 밥할 마음이 안 들 때는 시켜 먹는다. 남편이 자신의 어디를 좋아하는지 모르겠지만, 아무리 아내답지 않은 짓을 해도 아무 참견도 없다. 최근에는 남편도 스노우화이트에 입덕해 "난 지카 짱이 최애" 하고 떠들어댄다. 취향이 안 맞는다.

나는 행복하다고 자기 세뇌를 하는 데도 이제 질렸다. 분명 아이가 안 생기기는 한, 이 열등감에서 영원히 벗어날 수 없다.

"……사쿠라이 씨는?"

스미타니가 말했다.

"……응?"

갑자기 이름을 불려 흠칫 놀란 사쿠라이는 재빨리 눈의 초점을 맞추었다.

"무슨 이야기인데?"

"만약 인생을 리셋할 수 있다면 몇 살로 돌아가서 뭘 하고 싶으냐는 이야기 중이었어."

"스무 살로 돌아가서 미라잉과 손을 잡고 산에 하이킹을 가서 개천에서 가재를 잡고 싶어."

사쿠라이는 생각할 겨를도 없이 대답했다.

"가재?"

"나, 학생들이 함께 자전거를 타고 소풍 가던 시절에 남자가 모는 벤츠를 타고 강 옆의 프랑스식 밥집에 가서 랍스터를 먹었거든. 왜, 그 뭐였더라, 그 가게."

"아아, 뭐였더라, 거기 말이구나. 그 시절에는 그런 어중간한 가게가 많았지. 아직도 있으려나."

이 밀을 알아먼은 사람은 스미타니뿐이었다. 거품 경제가 아주 살짝 남아 있던 무렵, 중학생부터 대학생 시절을 보냈다. 아마 스미타니도 '학생다운 학생'처럼 살지는 못했을 것이다. 야마다가 우리를 보고 어이없다는 표정으로 말했다.

"보통 학생에 대한 환상이 심하네. 적어도 스무 살 남녀는 가재 잡으러 안 가."

"엇, 그럼 보통 학생은 언제 가재를 잡아?"

사쿠라이가 물었다.

그러고 보니 요즘 아이들은 가재가 뭔지 알기는 알까? 하고 야마다가 질문에 질문으로 답하자 마시코가 "한때 우리 집은 가재 천지라 온 집 안에 냄새가 진동했어" 하고 버럭 말했다.

사쿠라이는 영원히 돌아오지 않을 스무 살을 되돌아보았다. 노력이 부족했다고는 생각하고 싶지 않았다. 하지만 뭔가 보자랐던 탓에 그녀는 지금 만족스럽지 못하다. 그때였다.

"아이를 낳으면 같이 가재를 잡으러 가면 되잖아?"

스미타니가 진지한 얼굴로 말했다.

"하지만 남편이……."

"일본의 의료 기술을 믿어. 그쪽은 뭐든지 너무 의심하려고 드는 게 탈이야."

"……."

"걱정 마. 정말 가지고 싶다면 반드시 생길 테니까."

자신을 바라보는 스미타니의 표정과 말에서 위에 선 자의 힘이 강하게 느껴졌다. 실제로 사쿠라이는 스미타니의 말에서 실낱같은 희망을 찾아냈다.

"그럴까?"

"그럼."

'사회는 그런 층이 없으면 성립하지 않는 법이야.'

문득 스미타니의 말이 떠올랐다. 나는 영원히 위에서 세 번째 여자. 그런 역할을 떠맡아 살고 있다. 그리고 스미타니는 정점에 서는 역할을 맡는다. 복잡하게 분산된 여자의 사회에서 자기위에 군림하는 게 스미타니라서 다행이었는지도 모르겠다고, 사쿠라이는 처음으로 그렇게 생각했다.

♥ ♥ ♥

그날 먹은 고깃값은 총 12만 8,000엔이었다. 싸구려 고기는절대 먹기 싫다며 직접 가게를 고른 스미타니가 8만 엔을 부담했고, 마시코는 얻어먹기로 했으므로 셋이서 나머지를 각출했다.

"와, 다들 너무 먹었잖아! 적당히 예의를 차릴 줄도 알아야지!"

가게를 나서자 스미타니가 마시코에게 2,000엔 할인 쿠폰을건네며 소리쳤다.

"제일 많이 먹은 게 누군데 그래! 그것도 비싼 고기만!"

마시코는 고맙다는 인사도 하는 둥 마는 둥 받아쳤다.

"아, 정말 좋았어. 기분 끝내준다."

야마다가 껌을 입에 넣고 기도하는 듯한 자세로 하늘을 올려다보았다.

"아, 눈이다."

따라서 하늘을 올려다본 가타오카가 가슴 앞에 손을 들고 말했다. 먼지 같이 작은 눈이 드문드문 떨어져 내렸다.

"조금만 더 빨랐으면 진짜 '눈 축제'가 됐을 텐데."

사쿠라이도 하늘을 올려다보며 콘서트 타이틀을 중얼거렸다. 올겨울 도쿄에 내리는 첫눈이었다.

"어떻게 할래? 2차 갈까?"

스미타니의 말에 거의 모두가 고개를 끄덕이는 가운데, 야마다가 머뭇머뭇 입을 열었다.

"남편이랑 딸이 기다리고 있어서 난 먼저 갈게."

"어머, 그래?"

"아, 하지만 차 한 잔 정도라면⋯⋯괜찮으려나?"

야마다의 말에 모두 똑같은 생각을 했다. 헤어지기 아쉽다. 각자 집에 돌아가면 꿈같은 콘서트의 여운은 일상이라는 잡무에 치여 희미해진다. 야마다는 이 중에서 제일 '결핍된 구석이 없는 사람'이다. 누구나 부러워하지만 그래도 일상으로 돌아가기가 아쉬운 것이리라.

"그럼 요 앞에 늦게까지 하는 카페가 있으니까 그리로 갈까."

스미타니가 힐을 또각거리며 걸음을 옮겼을 때, 어디서 많이 본 여자가 휴대전화로 통화하며 근처를 지나갔다. 그 자리에 있던 모두가 얼굴을 아는 여자였다. 다섯 명은 합의라도 한 것처럼 입을 다물고 그 여자를 보며 무의식중에 통화 내용을 엿들었다.

"네? 각자 열여덟 장? 무리예요, 다 못 붙인다니까요. 네? 데뷔? 내일 기자 회견? 정말이에요? 멤버 교체는 없는 거죠? 다섯 명 그대로 맞죠? 유닛명은 스노우화이트 그대로 가는 건가요? 아, 진짜. 늘 하는 소리지만 아래쪽에도 정보 좀 일찍 알려주세요. 내일 저 혼자 근무한다니까요? 데뷔 기자 회견이 있으면 손님이 어마어마하게 몰려들 거 아니에요. 아, 정말……."

여자의 목소리는 급한 발소리와 함께 멀어졌다. 아까보다 눈송이가 더 커졌다.

"저 사람……."

"……버스토의 이시다 씨죠?"

다섯 명은 말없이 방금 들은 말을 각자 머릿속으로 정리했다.

내일

기자 회견

스노우화이트가

멤버 교체 없이

다섯 명 그대로

데뷔 기자 회견

→ 스노우화이트가 데뷔한다…!

한순간 환성인지 괴성인지 울음소리인지 부르짖음인지 모를 다섯 여자의 목소리가 눈 내리는 다이칸야마의 하늘에 울려 퍼졌다.

작품 해설

스즈카케 신 (시조 작가, 소설가)

이 책의 해설을 진행하기에 앞서 잊기 힘든 어느 날의 추억을 하나 꺼내보겠다.

상쾌한 가을 밤바람이 부는 10월, 평일 오후 9시가 넘었을 시간. 술친구와의 모임에 참석하려고 집 근처 역에서 전철을 탔다. 문득 정면 왼편 좌석에 눈길을 주자 하교하는 중인지 고등학교 교복을 입은 소년이 휴대전화를 한 손에 쥐고 앉아 있었다.

나는 눈을 뗄 수가 없었다. 어쩜 저렇게 잘생겼을까! 자리가 없어 서서 가는 사람도 많았지만 그 눈부신 미모는 결코 사람들 속에 파묻히지 않았다.

……천사? 너, 천사니?!

내게만 보이는 게 아닐까 의심스러울 만큼 그는 성스러웠다.

소년의 머리 위에 달린 손잡이가 비어 있었다. 나는 남에게 뒤질세라 그의 앞으로 다가가 손잡이를 잡고 섰다. 그가 휴대전화 화면에 몰두한 걸 기회 삼아 안 그런 척하며 관찰했다.

가지런하니 짧게 자른 칠흑 같은 머리, 주먹만큼 작은 얼굴, 늠름한 눈썹과 호두같이 동그란 눈. 너무 아름다워서 현기증이 났다.

……어라? 얘……서, 설마?!

아마 내 시선이 원적외선 같은 열기를 띠고 있었던 게 아니었을까. 그가 나를 힐끔 올려다보았다. 아차! 눈이 마주쳤다! 당황하며 천장에 매달린 광고로 눈을 돌렸다. 마음을 진정시켜야 한다. 둘러보니 회사원들은 신경도 쓰지 않았지만, 여자 몇 명이 수군대며 소년을 힐끔거리고 있었다.

틀림없다. 얘는……!

이러저러하는 사이에 전철이 다음 역에 도착하자 소년이 벌떡 일어섰다. 나도 모르게 뒤로 물러섰다. 아주 잠깐 우리는 마주 섰다. 팔을 뻗으면 끌어안을 수 있을 만큼 가까운 거리였다.

그는 멍하니 서 있는 내 눈앞을 지나쳐 전철에서 내렸다.

딱 한 정거장 거리. 시간으로 따지면 3분도 안 되는 짧은 시간에 있었던 일. 이게 '스즈카케 신, 심쿵사! Sexy Zone 사토 쇼리 목격 사건'(2012년)이다.

자, 그럼 마음을 가다듬고.

이 작품이 픽션임은 제쳐놓고, 작중에 일관되게 등장하는 연예 기획사 '디셈버스'가 자니스 기획사를 모티브로 했다는 건 두말할 필요도 없다.

'셈버'라고 불리는 디셈버스 소속 연예인들의 팬은 소위 '자니오타'를 연상시킨다. 자니오타란 자니스 오타쿠, 즉 자니스 소속 연예인의 열광적인 팬을 총괄하는 인터넷 은어다.

자니오타인 독자라면 "알아, 알지!" 하며 공감할 테고, 지인 중에 자니오타가 있는 여성이라면 "아아, 그런 사람이 있지" 하며 방관할 테고, 남성이라면 "으아! 자니오타는 다들 이런 느낌이야?!" 하며 기겁할 것이다. 여자 친구나 아내의 방에도 팬서비스를 요구하는 부채가 숨겨져 있는 것 아닐까 하고⋯⋯.

주인공은 디셈버스의 데뷔조 그룹 '스노우화이트'의 여성 팬다섯 명. 각각의 에피소드에 다른 주인공이 등장해 이야기가 점점 진행되면서 등장인물들이 절묘하게 서로 가까워지는, 뛰어난 구성력으로 엮어낸 수작 옴니버스다. 이 작품에서는 엔터테인먼트성은 물론이거니와 자니오타의 특성 또한 맛깔나게 살렸다.

일단 스노우화이트 멤버에 대한 주인공들의 팬심이 겹치지 않는다는 것이 특징이다. 같은 멤버의 팬끼리는 이 작품에서 보여주는 우정이 자라나지 않을 것이다. 모두 서른다섯 살 동갑이라고는 하나, 외모와 형편이 각양각색이면 더 그렇다.

예를 들어, 패밀리 레스토랑의 옆 테이블에서 들려오는 "오카다 마사키, 멋지다니까", "나도 좋아해! 그런 남친 있으면 좋겠다" 정도의 얄팍한 연심과 자니오타가 품는 연심은 차원이 다르다. 그녀들의 망상에서 자신과 아이돌의 관계는 그렇게 단순하지 않다.

작중에서 사쿠라이 미사요는 '모든 사랑을 퍼붓기에 합당한 완벽한 존재'라며 간다 미라이를 칭송한다. 마시코 마사코에게 하치 오지는 '꿈같은 아들'이며, 가타오카 마유미가 집필한 BL 소설에서 오후나 마슈는 그녀가 BL에 이상적이라고 여기는 다른 멤버와 금단의 정사에 빠진다. 이런 짓, 저런 짓, 아앗, 그런 짓까지!

자니오타 사이에서는 이렇듯 '누구의 팬이냐'를 '담'(담당)이라는 말로 표현한다. 예를 들어, 사토 쇼리의 팬이라면 '쇼리담'이다. 열광적이면 열광적일수록 자니오타는 각각의 담을 서로 확인할 필요가 있다. 같은 멤버의 담은 자신의 망상을 방해하는 장애물에 지나지 않으니까.

또한, 대체로 남자가 넘쳐날 것 같이 보이는 미인조차 아이돌의 열광적인 팬이 될 수 있다는 것도 특징 중 하나다. 이 작품에서는 스미타니 미야비와 사쿠라이 미사요가 아주 빼어난 미인으로 그려지는데, 실제로 자니오타 중에는 미인이 적지 않다.

앞서 이야기한 사건 후, 딱 한 번 Sexy Zone 콘서트를 보러 간 적이 있다. 물론 만 명의 관객 중 99퍼센트가 여성! 마치 여학교 같았다! 화장실 갈 때 줄을 안 서도 되니까 좋지만…….

와서는 안 될 곳에 온 기분으로 관객들을 둘러보자 지극히 평범한 여성들이 제일 많았다. 중고등학생 그룹부터 딸을 따라온 엄마까지, 연령대는 천차만별이다. 이런 여성층은 의외로 남자 친구나 남편, 아버지 같은 남성과 함께 오기도 한다. 쇼넨타이나 곤도 마사히코 등 이미 유명한 선배 가수들의 커버곡도 선보이므로 가족 단위로 와도 즐길 수 있고, 순수하게 데이트 기분을 내는 커플도 있어서 참으로 보기 좋다.

주목해야 할 쪽은 혼자 온 것으로 추정되는 어여쁜 누님들이다. 나이는 20대 후반부터 40대 초반쯤. 풀 메이크업에 데이트하러 가는 듯 세련된 옷차림. 그런 미인들이 '손 키스 날려줘',

'윙크해 줘', '빵 해줘' 등이 적힌 부채를 번쩍 쳐드는 광경은 아주 이채롭다.

여성 아이돌 콘서트에서 보이는 남성 팬은 굿즈 티셔츠를 입거나, 연예인의 이름이 적힌 머리띠를 두르는 등 세련됨과는 동떨어진 경우가 많지만, 자니오타는 그럴 수 없다. 라이벌이 몇천 명이든 그녀들은 좋아하는 사람을 만나러 가기 위해 성심성의껏 멋을 부린다.

남자는 '자신이 누구보다도 응원하고 있다는 것'에 무게를 두지만, 여자는 '자신이 누구보다도 사랑받고 있다는 것'을 믿어 마지않는다.

동갑에 스노우화이트 팬이라는 것 말고 주인공들의 공통점은 '절대적인 불만'이다. 그녀들은 자신의 외모, 직업, 지위, 수입, 남편, 아이, 시어머니……하여튼 무엇에든 불만을 품고 있다.

야마다는 남편이 잘나가는 에세이스트라 일반인이 보기에는 넉넉한 생활을 하고 있지만 '진심으로 남편을 소 닭 보듯 하고 있다'고 단언한다. 외동딸 나데시코를 귀여워는 하지만, '내 머리를 절반 물려받았으니까 도쿄대는 무리'일 거라며 어쩐지 불만스러운 기색이다. 마시코도 '현실의 아들은 솔직히 있으나 없으나 상관없다'고 분명히 말한다. (어머님! 그렇게까지 말할 필요는 없잖아요!)

다른 여성이 부러워할 만한 미모를 자랑하지만 사쿠라이 미사요는 1등이 되지 못하는 열등감을 남몰래 불태운다. '3등 여자는 늘 뭔가 결핍된 상태라 고독하다'고. 그런 그녀가 부러워하는 스미타니 미야비 역시 정점을 찍은 부, 명성, 미모를 손에 쥐고도 구애하는 수많은 남자들에게 만족하지 못해 주인공들 가운데 유일하게 미혼을 유지 중이다. 다 가진 자의 여유인가!

돈도 미모도 쓸모도 친구도 없는 가타오카 마유미의 입장은?!

그런 그녀들을 대체 뭐가 만족시켜 주느냐……. 물론 스노우화이트다.

'남자에게 아이돌은 자위행위용일지도 모르지만, 여자에게 아이돌은 디톡스다'라는 사쿠라이 미사요의 말이 이 작품의 진수를 상징한다. 스노우화이트는 모든 불만을 다스려줄 치유제이자, 무엇과도 바꿀 수 없는 인생의 에센스로서 그녀들을 충족시킨다.

이런 면에서 볼 때 자니스 기획사의 뛰어난 점은 음반을 내지 않은 자니스 주니어만 해도 텔레비전 방송과 잡지에 적극적으로 노출시킨다는 것이다. 주니어만 해도 300명 넘게 소속되어 있으므로 여성들은 자신들도 모르게 운명의 연인을 만나 사랑의 포로가 되고 만다. 실제로 선배 그룹의 백댄서로 활동하는 주니어들도 팬층이 탄탄하며, 선배 그룹은 제쳐놓고 주니어에게 부채를 흔드는 팬들도 많이 눈에 띈다. 덧붙여 자니스 소속 연예인 중에서 특히 그룹의 센터를 맡는 인재쯤 되면 이 세상 존재로는 보이지 않을 만큼 외모가 빼어나다. 눈앞에서 확인한 내가 보증한다. 후훗.

내가 아는 사람 중에 기혼자에 미인인 자니오타가 한 명 있다. 그녀는 각 그룹 중에서 제일 눈에 띄지 않는 멤버를 좋아한다. 확실히 병풍의 영역을 벗어나지 않는 멤버도 있을 줄은 알았지만, 과연 그런 곳에도 수요가 존재하는구나 싶었다.

그녀는 마음만 먹으면 자니스 소속 연예인과 친분을 맺을 수 있는 일을 하지만 굳이 친분을 맺고 싶지는 않다기에 오히려 놀랐다. 지인이 아니니까 팬질을 할 수 있는 거지, 지인이 되면 마음 놓고 팬서 부채를 흔들 수 없기 때문이란다. 이 심리는 스미타니 미야비가 다카야나기 지카라와 우연히 거리에서 마주쳤을 때, 옛날에 길안내 해준 것을 기억하고 있다는 것만으로 감격에 겨워 소리 없이 눈물을 흘린 에피소드와도 결부된다.

사랑받고 싶지만 지인은 되고 싶지 않다.

으음……. 자니오타의 애정은 참으로 복잡하구나!

아무튼 저자 미야기 아야코는 자니오타뿐만 아니라 온갖 소재를 가지고 미궁처럼 복잡한 여심을 아주 재치 있게 한 편의 소설로 승화시킬 줄 아는 천재다. 이 작품의 자매작이자 고분샤 문고에서 간행된《적나라한 여자野良女》도 꼭 한번 읽어보기 바란다.

혼외 연애와 비슷한 것

2020년 10월 20일 초판 1쇄 발행

지 은 이 | 미야기 아야코
옮 긴 이 | 김은모
펴 낸 이 | 서장혁
책임편집 | 주연
디 자 인 | 정인호
마 케 팅 | 한승훈, 최은성

펴 낸 곳 | 토마토출판사
주　　소 | 경기도 파주시 회동길 216 2층
T E L | 1544-5383
홈페이지 | www.tomato4u.com
E-mail | support@tomato4u.com
원고투고 | edit@tomato4u.com
등　　록 | 2012. 1. 11.
I S B N | 979-11-90278-43-0 (03830)

- 이 도서의 국립중앙도서관 출판시도서목록(CIP)은 서지정보유통지원시스템 홈페이지(http://seoji.nl.go.kr)와
  국가자료공동목록시스템(http://www.nl.go.kr/kolisnet)에서 이용하실 수 있습니다.

  (CIP제어번호 : CIP2020039439)